4 99

KIMBERLEY TROUTTE
El recuerdo de una pasión

Editado por Harlequin Ibérica.
Una división de HarperCollins Ibérica, S.A.
Núñez de Balboa, 56
28001 Madrid

© 2018 Kimberley Troutte
© 2019 Harlequin Ibérica, una división de HarperCollins Ibérica, S.A.
El recuerdo de una pasión, n.º 167 - 19.7.19
Título original: Forbidden Lovers
Publicada originalmente por Harlequin Enterprises, Ltd.

I.S.B.N.: 978-84-1328-195-7
Depósito legal: M-16868-2019
Impresión en CPI (Barcelona)
Fecha impresión para Argentina: 15.1.20
Distribuidor exclusivo para España: LOGISTA
Distribuidor para México: Distibuidora Intermex, S.A. de C.V.
Distribuidores para Argentina: Interior, DGP, S.A. Alvarado 2118.
Cap. Fed./Buenos Aires y Gran Buenos Aires, VACCARO HNOS.

MIXTO
Papel procedente de
fuentes responsables
FSC® C108412

Este libro ha sido impreso con papel procedente de fuentes certificadas según el estándar FSC, para asegurar una gestión
responsable de los bosques.

Capítulo Uno

Matt Harper disfrutaba de lo lindo.

Con una sonrisa en los labios, deslizó las manos por aquellas curvas suaves y sensuales. Más rápido, más fuerte. Enseguida sintió cómo ronroneaba y percibió una sutil vibración de sus entrañas. Era todo fuerza y refinamiento. Estaba decidido a traspasar el límite y llevarla hasta la gloria. Estaba hecha para un tipo como él, no para aquel viejo mezquino que la había comprado para simplemente admirarla. Vaya despilfarro. Solo de pensar que aquella espectacular máquina de sesenta y cinco millones de dólares iba a quedar arrinconada acumulando polvo, se enfurecía.

Su pareja aquel día era el nuevo Gulfstream G650ER, la aeronave que su padre había comprado para Industrias Harper. ¿Por qué? Ni que su padre fuera a sobrevolar sus pozos de extracción de petróleo para asustar a sus empleados. Si hacía caso a los rumores, su padre se había recluido en Casa Larga, su casa de verano, para evitar mostrarse en público. Hacía diez años que no lo veía, aunque tampoco le habría importado que hubieran sido más.

Giró a la izquierda y ante él apareció la mansión Harper. Se tensó. En las Fuerzas Aéreas, Matt siempre había puesto el mismo nombre a sus misiones: Casa Larga.

Se golpeó el muslo con el puño. Prefería estar en medio de una batalla, en cualquier parte del mundo, menos allí. ¿Para qué demonios le había pedido su padre que volviera a casa?

Aterrizó en el aeropuerto privado de los Harper y apagó el motor. Cuánto le gustaría poder apartar todos aquellos recuerdos que lo asaltaban. Como el dolor que le había causado su padre con sus manos.

Sintió que volvía a tener diecisiete años, la boca ensangrentada y los puños en alto mientras retaba a RW a que le diera otra bofetada. Su padre nunca había dejado de darle órdenes, pero el ultimátum de aquel día le había dejado muy afectado.

–A la vista de que no te apartas de esa chica –le había dicho–, tienes dos opciones: alistarte en las Fuerzas Aéreas o quedarte a ver lo que le pasa a esa novia tuya. Tengo información, hijo, de esa que puede hundir a toda una familia. ¿Es eso lo que quieres que pase?

Nadie daba puñaladas por la espalda mejor que Harper.

¿Eran reales aquellas amenazas? No lo había sabido entonces y seguía sin saberlo, pero lo cierto era que Julia había sido su chica y la había amado como a ninguna otra. No le había quedado más remedio que protegerla a ella y a su familia. Aquel mismo día, Matt se había incorporado a las Fuerzas Aéreas. No había podido ni despedirse de Julia, pero se había marchado convencido de que volvería a por ella.

Diez años más tarde, había conseguido superarlo. O casi. Pero a quien no había olvidado, a pesar de las muchas mujeres atractivas que había

4

conocido después, era a aquella chica a la que había tenido que dejar. Julia le había prometido ser suya para siempre, pero se había casado con otro apenas tres meses después de su marcha. No había sufrido tanto como cuando se había enterado de la boda de Julia. Había sido el golpe de gracia y había jurado no volver nunca a Plunder Cove.

Hasta que RW le había propuesto un trato: si llevaba el Gulfstream a Plunder Cove, Industrias Harper compraría el avión que la flota de Matt necesitaba en el sudeste asiático. Un inversor le había fallado y la nueva compañía aérea de Matt necesitaba aquel último avión. No le había quedado más remedio que aceptar el trato. De esa manera, RW Harper, pirata y magnate del petróleo, había conseguido convencerlo.

No se quedaría mucho en Plunder Cove. No quería ver a Julia Espinoza.

Matt paró en la tienda y cafetería de Juanita. De niño, aquel era su rincón favorito del pequeño pueblo limítrofe con la propiedad de su familia.

Había entrado allí por vez primera un verano, con ocho años. Se había quedado maravillado con todos aquellos olores y objetos, en especial con los dulces mexicanos. Así que había tomado un puñado. Su madre se había horrorizado al descubrir que había estado en aquel sitio y que había comido cosas de aquella gente. Le había hecho volver y pagar por los caramelos.

Juanita le había dedicado una mirada severa y le había impuesto un castigo por su delito. Le había hecho barrer toda la tienda. Había sido la primera vez que había tenido que trabajar y había sentido una gran satisfacción. Al día siguiente había vuelto y le había preguntado si podía robar algo más.

—¿No has aprendido la lección?

—Claro que sí, pero quiero volver a barrer. Trabajar es divertido.

Juanita se había reído a carcajadas y luego le había abrazado. Olía bien y sus brazos eran cálidos y acogedores. Había deseado que su madre le abrazara como Juanita y no con aquella falsa y fría sonrisa.

—Puedes barrer siempre que quieras. Te pagaré con caramelos.

Habían llegado a un acuerdo. Cuando su familia iba allí de vacaciones, pasaba gran parte de sus vacaciones ayudando a Juanita. A cambio, podía tomar todos los dulces que quisiera. Y churros, ¿cómo había podido olvidarse de los churros?

La boca se le hizo agua mientras esperaba sentado en una mesa de fuera a que Juanita tomara su pedido. A su alrededor estaban los mismos vejestorios de siempre comiendo y charlando. Era como si nunca se hubiera marchado, salvo que esta vez Julia no estaba con él.

Una joven se acercó y dejó en su mesa un cesto con patatas fritas y un cuenco con salsa.

—¿Ya sabe lo que quiere, señor?

—Tú no eres Juanita.

—Muy agudo, y usted no es George Clooney. Juanita tenía que ocuparse hoy de unos asuntos. Me llamo Ana.

—¿Y dónde está? Soy un viejo amigo que va a estar unos días por aquí. Me gustaría verla.

—Lo siento, no puedo darle más detalles. De hecho, ni siquiera sé dónde está. ¿Qué quiere beber?

Matt no pudo evitar sentirse decepcionado. Juanita era la única persona que de verdad se había preocupado por él.

—Una cerveza, por favor. ¿Hay churros hoy?

—Todos los días. Enseguida vuelvo.

Se tomó las patatas fritas, mojándolas en la salsa más picante del mundo. Le ardían las orejas del calor y sentía el sudor en la espalda.

—Cuidado, señor, esa salsa pica. Le traeré agua.

Asintió y bebió un trago de cerveza, pero no consiguió calmar el ardor de su boca. En la mesa de al lado, dos mujeres charlaban sobre vestidos y zapatos.

—Me da igual que vayáis disfrazadas de piratas, quiero llevar el vestido que acabo de comprarme. No todos los días me invitan a la mansión de los Harper.

A punto estuvo de atragantarse al oír aquello. No conocía a aquellas mujeres y dudaba mucho que RW Harper invitara a desconocidos a su casa.

—Disculpen, ¿me ha parecido oír que hay una fiesta en casa de los Harper?

—Sí, RW Harper ha invitado a todo el pueblo —respondió la mujer.

Algo estaba pasando. Sus padres no eran de relacionarse con el servicio y, teniendo en cuenta que la mayoría de la gente que trabajaba para los Harper vivía allí, aquello era imposible.

—¿Saben a qué se debe la ocasión?

—No, no tenemos ni idea, guapo. Pero si quiere una cita…

La otra mujer le dio en el brazo con el menú.

—María, será mejor que estés calladita. Vas a ir con Jaime.

—A Jaime no le gusta bailar. Pero viendo los músculos de aquí nuestro amigo, adivino que sabe moverse muy bien —dijo y se volvió hacia Matt—. ¿Baila bien, a que sí?

—Me enseñaron que bailar es cosa de chicas —contestó riendo.

—Bueno, nosotras somos las que bailamos y ellos siguen nuestros pasos —dijo una voz desde detrás de él—. Lo siento, mis primas están emocionadas con la fiesta y no sé por qué. No iría a una fiesta en esa casa ni aunque me pagaran. Aunque tampoco me han invitado.

La mujer rodeó la mesa y tomó una patata de la cesta de sus primas.

Julia. Una corriente eléctrica lo sacudió. El pecho se le encogió. No podía tragar.

El pelo oscuro de Julia brillaba bajo el sol. Tenía finas arrugas alrededor de sus ojos marrones y sus labios sensuales, pero su expresión era la misma que recordaba. Su voz seguía siendo la que oía en sus sueños. Él había cambiado en muchos aspectos, mientras que ella seguía siendo… perfecta.

—Tienes prohibido ir —dijo María.

—No deberías haber enfadado al señor Harper hasta después de la fiesta —intervino la otra mujer—. ¿Me prestas tu vestido rojo?

Julia se encogió de hombros y se sentó con sus primas. Era más alta de lo que recordaba y tenía más curvas. Vaya, la pequeña Julia Espinoza se había convertido en una mujer muy atractiva.

–Claro, Linda. No tengo ocasión de ponérmelo.

Luego se volvió hacia Matt, ladeó la cabeza y entornó los ojos.

–¿Nos conocemos?

Julia no podía ver sus ojos tras aquellas gafas de espejo de aviador, pero había algo en aquel hombre que le resultaba familiar. Era alto, casi un metro noventa, y ancho de espaldas. Tenía los brazos musculosos y bronceados. Su cabello oscuro lucía un corte de estilo militar y llevaba una barba cuidada.

Matt mojó otra patata en la salsa y al momento empezó a toser.

–Tenga cuidado, esa salsa es muy picante –le advirtió.

Julia reparó en su garganta al tragar. Tenía la nariz recta, con una pequeña cicatriz sobre el puente. ¿Qué se sentiría al acariciar aquellas mejillas barbudas? Tenía otra cicatriz en la comisura del labio. ¿Le dolería cuando le besaran? Estaba mirándola. Su expresión era seria, como la de las esculturas de aquellos dioses griegos de los que tanto había leído en la universidad. Claro que no llevaban aquellas gafas de aviador.

«Cielo santo, me he quedado mirándolo descaradamente».

–Lo siento, es que me recuerda a alguien que conocía. Un error que cometí.

–Sí, un error –repitió él alzando el mentón.

–Disculpe.

Se volvió y siguió hablando con sus primas, pero no pudo quitarse de la cabeza a aquel guapo desconocido. Por alguna razón, pensó en Matt y los ojos se le llenaron de lágrimas.

—¿Me estás escuchando? ¿Qué zapatos me pongo con tu vestido rojo? —preguntó Linda.

Julia se volvió de nuevo hacia el desconocido, que estaba dando un trago a su cerveza.

—Tal vez coincidimos en alguna de mis clases, ¿tal vez Medio Ambiente, Derecho…?

El desconocido detuvo el botellín a medio camino de sus labios y levantó una de sus cejas.

—¿Te parece un universitario? ¡Es piloto. He visto el avión aterrizar —dijo María.

El hombre levantó la cerveza, sin decir nada.

—Debería probar mis desayunos —terció Linda, inclinándose descaradamente hacia el desconocido para enseñarle el escote.

Tenía tres hijos y hacía seis meses que se había divorciado.

Julia volvió a mirarlo. ¿Trabajaba para el señor Harper? ¿Sería un socio, un amigo? ¿Y por qué fruncía el ceño? Julia no podía ver su expresión con aquellas malditas gafas.

—Los huevos quemados de Linda no tienen comparación con mis guisos. ¿Qué dice, guapo? ¿Busca un sitio donde quedarse? —preguntó María.

Matt dejó la cerveza en la mesa.

—No voy a quedarme.

Parecía molesto.

—Le estamos incomodando. Por favor, no nos haga caso —dijo Julia, y le hizo un gesto a sus primas para que se volvieran.

—¡Un piloto! ¡Qué interesante! —exclamó Linda, ignorándola—. ¿Va a ir a la fiesta de esta noche?

–Quizá –respondió sin apartar la vista de Julia.

–Entonces, lleve a Julia. Alguien tiene que sacarla de casa –dijo María.

–No, no puedo.

–Está bien –replicó Matt, tomando la cuenta.

–No es por usted… Es que no puedo ir.

–¿Su marido no le permite salir de casa?

–No estoy casada –respondió ruborizándose–. Es solo que… RW Harper tiene una orden de alejamiento contra mí. No puedo acercarme a menos de tres metros de Casa Larga.

Matt se quedó mirándola.

–Así es. Nuestra pequeña Julia quiere demandar al gran Harper –explicó María–. Como si ella sola pudiera hacerle frente a uno de los hombres más poderosos de América.

Linda sacudió la cabeza.

–Debería haber esperado hasta después de la fiesta. Aquí nunca pasa nada tan emocionante.

El piloto sacudió la cabeza… ¿Estaba enfadado?

–Alguien tiene que poner fin a lo que está haciendo. Ahí fuera tiene un montón de torretas de perforación –dijo Julia volviéndose hacia el mar–, y todos sabemos que pasa cuando hay una fuga. Y encima ahora quiere construir en el hábitat de los chorlitos. ¡Hay que detenerlo!

–Vamos, no te pongas pesada con esos pájaros otra vez. Tenemos compañía –intervino Linda, y sonrió a Matt–. Una compañía muy interesante.

–¿Qué está construyendo Harper? –preguntó él.

–No se sabe. Es solo un rumor –contestó María.

–He visto marcas de vehículos en las zonas de anidación –afirmó Julia.

–Necesitas pruebas antes de demandar a alguien como el señor Harper. Deberías haber esperado.

–¿Pruebas? –preguntó Matt.

–Sí. Creo que está haciendo obras en Casa Larga. Últimamente he visto mucha gente entrando, desde abogados a carpinteros. Si pudiera ver los planos, averiguar qué es lo que está haciendo…

Se detuvo. ¿Por qué le estaba contando todo aquello? ¿Y si trabajaba para Harper?

–Tampoco voy por ahí entrando en casas ajenas –añadió.

–Puedo ayudarla.

Había algo en su voz que la inquietaba. Fijó la vista en la cicatriz de sus labios. ¿Qué se sentiría al besarlos? Hacía tanto tiempo que…

María le dio un codazo.

–¿Cómo?

–Puede venir conmigo. Harper me espera. Acompáñeme esta noche como mi cita.

–¡Anímate! Puedes ir disfrazada de pirata y pasar desapercibida –intervino Linda, y le guiñó un ojo a su prima.

Matt curvó los labios y Julia sintió que se deshacía por dentro. Por un segundo le recordó a… No, no podía pensar en Matt.

–¿Por qué quiere ayudarme?

–Alguien tiene que detenerlo –dijo usando sus mismas palabras–, y me gustaría ver cómo lo hace.

¿Por qué? No la conocía de nada. Probablemente aquel hombre también anduviera en líos con Harper. Pero Linda tenía razón. Nunca pasaba nada emocionante en el pueblo. La última vez que había estado en la mansión había sido con Matt. Necesitaba un hombre fuerte para protegerla de todos aquellos dolorosos recuerdos.

–Recójame en Bougainvillea Lane, 3C. ¿Quiere que le indique dónde queda?

–Sabré encontrarlo.

–Sus churros, señor –dijo Ana, la camarera, colocándole un plato delante.

–Gracias.

Mojó un dedo en la mezcla de azúcar y canela y se lo chupó.

–¿Calientes y dulces, verdad?

La voz de Julia sonó más grave de lo normal y, sin darse cuenta, se pasó la lengua por los labios. Al ver que se quedaba mirándola, deseó arrancarle aquellas gafas y ver sus ojos.

–Bueno, tengo que irme –dijo y se puso de pie antes de seguir pasando vergüenza–. Me encargaré de buscar disfraces de piratas para los dos. Recójame a las siete.

Echó a caminar antes de darse cuenta de que no le había preguntado su nombre al piloto.

–Allí estaré, Julia.

Sus pasos vacilaron al oír aquellas palabras, pero no se volvió. Su voz le resultaba familiar, envolvente y sexy. Contuvo el arrebato de deseo y siguió caminando, alejándose de la mesa. Aquel piloto no era el muchacho al que le había entregado su corazón, por mucho que deseara que lo fuera. Hacía diez años que su único y verdadero amor había recibido un disparo en una batalla.

Matt Harper estaba muerto.

Capítulo Dos

Todos los músculos de su cuerpo estaban en tensión, conteniendo el impulso de acorralarla contra la pared. Quería besarla hasta dejarla sin aliento y no parar nunca. Era patético. Ni siquiera lo había reconocido.

Se había marchado y había sido incapaz de apartar la vista de ella. Patético.

–Hágale pasar un buen rato, guapo, pero no le rompa el corazón –dijo María, amenazándolo con un dedo.

–No he venido a romper corazones –farfulló.

–Perfecto –intervino Linda, guiñándole el ojo a María–. Es justo lo que necesita.

–¿Un guapo piloto que le haga perder la cabeza y que salga volando antes de que se vuelva posesivo?

Linda resopló.

–María, o dejas a Jaime o aprende a vivir con él.

–Solo digo que las aventuras son divertidas, pero que Julia se merece algo más. Después de todo lo que le ha pasado… –dijo y se volvió hacia Matt.

¿Qué era exactamente lo que se merecía? Había estado angustiado por una mujer que le había olvidado nada más irse. Se había referido a él como un error. Debería subirse a un avión y marcharse inmediatamente de Plunder Cove. ¿Y qué era lo que le había pasado?

Recordó las palabras de su padre: «Tengo información, hijo, de la que puede hundir a toda una familia. ¿Es eso lo que quieres que le pase?». ¿Habría cumplido su amenaza? ¿Estaría Julia en apuros?

—Me alegro de que vaya a llevarla a la fiesta. Necesita divertirse —dijo María.

—Será interesante —replicó Matt en tono sugerente.

Pero no se refería a sexo como había dado a entender ella, sino a la información que pudiera conseguir. Aunque si tenía suerte, obtendría los dos.

Sí, iría a la fiesta en busca de respuestas. ¿Por qué quería RW que volviera? ¿Para torturarlo con su exnovia? ¿Tan retorcido era su padre? Si así era, le diría al viejo que se fuera a freír espárragos, pero no sin antes asegurarse de que Julia estaba a salvo.

Volvería a ser su error una última vez y después, se marcharía para siempre.

Matt pagó la cuenta y se despidió de las primas de Julia. De camino al aparcamiento hizo una llamada.

—Trae el batimóvil, Alfred.

Su padre tenía pasión por los coches deportivos muy caros. Era lo único que compartían.

Cinco minutos más tarde, apareció un Lamborghini Veneno de color plata.

—Santo cielo —balbuceó al ver aquel modelo exclusivo valorado en cuatro millones y medio. Incapaz de creer lo que veían sus ojos, Matt se acercó por el lado del conductor. La ventanilla bajó y una voz le habló desde el interior.

–¿Has llamado?

Matt se inclinó sobre la ventanilla.

–Hola, Alfred, me alegro de verte.

El chófer de su padre, que en realidad se llamaba Robert, estaba más calvo y tenía más arrugas de las que recordaba.

–¿Todavía me llamas así? Pensaba que ya se te habría pasado tu obsesión por Batman.

El brillo de sus ojos revelaba que estaba encantado de que Matt lo hubiera llamado por ese apodo.

–Muérdete la lengua. Nadie supera al Caballero Oscuro.

Matt y su hermano pequeño, Jeff, habían fingido ser Batman y Robin, y habían bautizado al chófer de la familia como Alfred. Al principio a Robert le había molestado, pero al final había acabado siguiéndoles el juego. Alfred bajó del coche y tomó el macuto de Matt. Cuando abrió el maletero, el olor a nuevo le resultó excitante.

–Déjame conducir.

–Tu padre estuvo a punto a matarme la última vez que te dejé conducir el Bugatti.

–Y a mí también, pero mereció la pena –dijo sonriendo, recordando el paseo que había dado con Julia–. Llaves –añadió, tendiendo la mano.

–De acuerdo, pero si lo abollas, presentaré mi dimisión.

Dejó la llave en la mano de Matt y se colocó en el asiento del pasajero.

–Me sorprende que sigas trabajando para él –afirmó y encendió el motor.

–¿Qué haríais los Harper sin vuestro fantástico conductor?

Matt miró el cuentakilómetros.

—¿Once kilómetros? Yo no llamaría a esto conducir. ¿Acaso el viejo se dedica solo a acariciarlo?

Se volvió a tiempo de ver que la expresión de Alfred se volvía neutral. Algo tenía en la cabeza.

—¿Qué pasa? ¿Mi padre se ha vuelto un ermitaño?

—Lo ha pasado mal, Matthew. Me alegro de que sus hijos hayáis vuelto a casa.

—¿Jeff y Chloe también están aquí? ¿Cómo ha conseguido que vengan?

—No me corresponde a mí decirlo. Ya os enteraréis esta noche.

—En la fiesta.

—Sí.

—Venga, ¿de qué va todo esto? ¿Tiene algo que ver con Julia?

—No puedo decir nada.

Matt entornó los ojos.

—¿No puedes o no quieres? Soy yo, Alfred. Te prometo que no le diré nada a mi padre.

Alfred fijó la mirada en el parabrisas. Al parecer, sus labios estaban sellados.

—¿Tengo que enterarme de lo que sea a la vez que todo el pueblo? —refunfuñó Matt.

—Sí.

Ya le preguntaría a cualquier otro empleado.

—Antes de que intentes sonsacárselo a las chicas de la cocina, nadie sabe lo que planea tu padre. Está indispuesto. Vas a tener que esperar unas cuantas horas, como todos los demás.

La curiosidad de Matt iba en aumento, así como la sensación de peligro.

–Intenta no sacarnos de la carretera –le pidió Alfred mientras se ponía el cinturón de seguridad.

–Ten un poco de fe. Ahora me dedico a volar aviones. Creo que podré con un pequeño coche –dijo y apretó el acelerador hasta el fondo.

–¡La Virgen! –exclamó Alfred, santiguándose.

–Relájate, ¿tan malo fui de adolescente?

–Terrible –contestó con una sonrisa–. Siempre empeñado en irte de aquí.

–Sí, cierto.

–Te entendía, Matthew. Aunque no lo creas, yo también fui adolescente una vez –dijo riendo–. Y conseguiste exactamente lo que querías, capitán Harper. Volaste de aquí.

¿Exactamente lo que quería? Ni de cerca.

–Siento si te lo puse difícil.

¿Qué plan tenía su padre? Matt lo descubriría esa noche con Julia a su lado. La protegería y evitaría que su viejo hiciera daño a alguien más. Como en los viejos tiempos.

Julia no dejaba de dar vueltas por su habitación.

–No puedo creer que me haya prestado a esto. ¿Por qué lo he hecho?

–¡Porque ese piloto está muy bueno!

Sí, pero no estaba segura de querer tener una cita con él.

–¿Qué me voy a poner?

–Desde luego que tu vestido rojo no. Ya me lo he pedido –dijo Linda.

Tanto ella como María estaban sentadas al borde de la cama de Julia, pintándose las uñas.

Julia abrió la ventana para ventilar el olor del esmalte.

–No puedo creer que esté haciendo esto.

–Eso ya lo has dicho, mujer. Venga, date prisa, no tienes mucho tiempo para arreglarte –dijo María, agitando las manos en el aire para que se le secaran las uñas.

–¿Qué me voy a poner? Será mejor que Harper no me reconozca o me echará de allí.

–Tienes que causarle buena impresión al piloto –afirmó María.

–Habla con tía Nona, tiene toda clase de disfraces de piratas –añadió Linda.

–Siempre me decía que me cuidara de los piratas, en especial de Matt Harper –dijo Julia.

–¿Te refieres a los Harper que surcaban los mares en barcos piratas o a los que compraron a nuestros antepasados para que trabajaran para ellos? –preguntó María.

–Más bien a los que cambiaban a nuestros antepasados por ganado. Daban más valor a las vacas que a las personas. Los Harper son unos ladrones –sentenció Linda y se sopló las uñas.

–No, son unos piratas –afirmó María.

–Matt no se parecía en nada a ellos. Era muy dulce.

Linda sacudió la cabeza.

–Ese chico no tenía nada de dulce. Siempre llevaba camisetas negras, vaqueros con agujeros y conducía una moto que parecía echar fuego.

Julia sonrió. Qué sexy estaba en aquella moto.

–Nunca tuvo un accidente. Y siempre que me llevaba conducía con mucha prudencia.

—Se saltaba las clases —añadió María—. Y te traía tarde a casa.

—Eso fue solo un par de veces.

—Y le robaba caramelos a Juanita —dijo Linda.

—¡Tenía ocho años! Y pagaba por ellos. No sé por qué le odiabais tanto.

—Dejó de caerme bien cuando te rompió el corazón —afirmó María.

—¡Murió luchando por nuestro país!

Linda volvió a encogerse de hombros.

—Ni siquiera se despidió.

Julia se sentó al borde de la cama, entre las dos mujeres a las que consideraba como sus hermanas. En realidad no eran primas, puesto que Julia era adoptada. Aun así, la mujer que la había criado como si fuera su hija era tía de Linda y María, por lo que en la práctica era como si lo fueran. Todo el mundo la trataba como si fuera de la familia.

Su madre biológica la había abandonado, nunca había conocido a su padre y el único chico al que había amado se había marchado.

Matt había sido la única persona de la que había estado segura que no la abandonaría. Se había entregado a él en cuerpo y alma. Cuando por fin le había dicho que lo amaba, se había ido al día siguiente a la academia de las Fuerzas Aéreas. Sin una carta ni una llamada. Nunca más había vuelto a saber de él.

Inspiró y sus primas se abrazaron a ella.

—Os vais a estropear las uñas.

—Eso tiene arreglo —dijo María.

«Otras cosas, no», pensó y cerró los ojos.

Nunca más había vuelto a abrazar a Matt ni a

besarlo ni a sentir sus dedos acariciando su piel y su pelo. Habían dejado de ser Matt y Julia contra el mundo. Se había ido y sus cenizas habían sido esparcidas en el mar.

Había sufrido una fuerte depresión. El dolor por la pérdida y la traición la habían desgarrado por dentro. No había dejado de ver a Matt por todas partes: caminando por la playa, en un coche a toda velocidad hacia la cafetería de Juanita… Su cabeza y su corazón habían quedado destrozados.

Pero no estaba sola. Sus primas y tías la habían cuidado, la habían obligado a abrir los ojos y ver todo el amor que la rodeaba. La habían ayudado a recuperarse y a cuidar del único regalo que le había hecho su pirata, el tesoro más bonito y valioso del mundo.

—Mamá, ¿dónde estás?

—Aquí, Henry —dijo y sonrió a sus primas antes de ponerse de pie—. Ven a ayudarme a encontrar un disfraz.

Capítulo Tres

–¡Ya está aquí! –gritó Henry.

–¡Todavía no estoy lista! Díselo. Déjale…

Se estaba subiendo las medias de rejilla cuando oyó la voz de su hijo en el vestíbulo.

–Hola, me llamo Henry. Encantado de conocerle. Mamá me ha dicho que es piloto.

–¿Tu madre?

Su voz era tan grave y profunda que la hizo estremecerse. Parecía sorprendido de que tuviera un hijo. ¿No se lo había mencionado?

–Sírvase una cerveza de la nevera. Henry le enseñará su disfraz –dijo alzando la voz–. Y si prefiere largarse, este es el momento.

–Esperaré. No hace falta que se dé prisa.

Vaya, estaba dispuesto a quedarse. Aquello era una buena señal. Era ridículo lo feliz que se sentía por tener compañía esa noche.

–Me gusta tu casa, Henry.

Seguro que lo decía solo por ser amable. Su casa era pequeña y vieja. En el siglo XIX los Harper habían construido casas para la gente del pueblo. Estaban tan pegadas que se sabía lo que hacía el vecino. La mayoría tenía dos dormitorios, un pequeño salón con una cocina minúscula y un porche cubierto. Habían sido diseñadas para albergar a los trabajadores y a sus familias. Nada lujoso ni bonito.

La suya la había pintado en tonos claros y había puesto fotos de Henry por todas partes.

–¿Ha volado con su avión a sitios como México o Los Ángeles? –preguntó Henry.

Julia sonrió y siguió subiéndose las medias.

–El avión que he pilotado hoy no es mío. Pero he pilotado muchos en las Fuerzas Aéreas.

–¿De verdad? ¡Qué chulo! ¿Ha estado alguna vez en Ganistán?

–¿Afganistán?

–Sí, eso es. Mi padre murió allí.

Julia ahogó un grito. ¿Quién se lo había contado a Henry? Apenas le había hablado de la muerte de su padre porque todavía le resultaba difícil hablar de eso.

–Vaya, lo siento –dijo y parecía sincero–. Estuve allí y puedo decirte que para mí, todos los hombres que lucharon en Afganistán eran héroes.

–Mamá dice que era un buen hombre. El único al que ha amado.

Julia se llevó la mano al corazón. Se alegraba de que Henry le prestara atención de vez en cuando, pero aquella conversación tenía que estar resultándole incómoda a su cita.

–¡Dale el disfraz, Henry! –gritó.

–De acuerdo. Tenga. Pruébese primero este sombrero. Y ahora el parche.

–¿Qué aspecto tengo?

–¡Perfecto! Parece un pirata auténtico.

–¿Como Jack Sparrow o el temible Roberts?

–Esos eran de mentira. Necesitamos un nombre de pirata de verdad. ¿Cómo lo llamaban en las Fuerzas Aéreas?

–Capitán.

–¡Eso es! Sí, sí, Capitán –dijo Henry riendo.

Julia se puso una falda roja con una apertura en un lado y una blusa blanca que dejaba al descubierto un hombro. Se echó hacia delante, se acomodó los pechos y se miró al espejo. Parecía una fulana o, más bien, Julia Espinoza haciéndose pasar por una fulana. Así no iba de incógnito. Sacudió la cabeza y se pintó los labios en un tono rojo oscuro. No, seguía siendo Julia. Lo único que le quedaba era ponerse la peluca rubia que le había dejado su tía Nona.

¿Sería cierto que las rubias se divertían más? Iba a descubrirlo.

Salió y se encontró a aquel atractivo pirata en su porche, inclinado sobre la jaula del lagarto. Tenía una gran panorámica de su trasero que se veía estupendo con aquellos pantalones negros. Además, llevaba una camisa de color crema y el pañuelo amarillo de Henry en la cabeza.

–¿Qué le parece? –le preguntó conteniendo el aliento.

Sus ojos, a la vista del único ojo que tenía al descubierto, eran azules. Lentamente su mirada fue bajando desde su hombro desnudo pasando por su blusa y su falda, hasta llegar a las medias de rejilla y los zapatos de tacón. Luego volvió a recorrerla en sentido ascendente.

La expresión de sus ojos era ardiente y Julia sintió que se le ponía la carne de gallina.

–Me gusta más su pelo.

–Sí, pero ¿me reconocería así? –insistió.

No se estaba fijando en la peluca, sino en sus labios, y tuvo la sensación de que quería besarla.

—Desde luego.

Ella tragó saliva. Acababa de conocer a aquel tipo y algo que llevaba años muerto en su interior se estaba despertando y suspiraba por sus labios. Vaya, aquel disfraz de ramera la estaba afectando.

—Pero el viejo Harper solo ve lo que quiere ver —añadió el desconocido—. No se dará cuenta.

Julia se acercó.

—Así que tenemos que llamarle Capitán, ¿no?

—Eso parece. Pero si vas a ser mi cita esta noche, tutéame.

—De acuerdo. Entonces, ¿yo qué soy? ¿Una mozuela, un grumete?

Matt le rozó el brazo y todos sus sentidos se pusieron en alerta al sentir su calidez.

—Mi primer oficial. ¿Lista?

Se mordió el labio y asintió. No estaba segura de lo que estaba haciendo. Luego le dio un beso a Henry y rápidamente el chico se limpió la mejilla.

—¡Mamá! Delante de la gente no.

Justo en ese momento apareció en el porche la tía Nona cojeando.

—¿Qué está pasando aquí? ¿Otra fiesta? Vaya, Julia, qué bien te queda la blusa, pero ten cuidado con ella. Se te pueden salir los tesoros.

—¡Tía Nona! Tenemos compañía —exclamó Julia alzando la voz para que la anciana la oyera.

—No estoy ciega.

Se acercó para ver mejor a aquel joven, pero tropezó con el último escalón. Él se apresuró a sujetarla para impedir que se cayera.

—La tengo.

—¿Estás bien? —preguntó Julia.

–Tú eres…

–Esta noche me llaman Capitán, señora –la interrumpió sin dejar de sujetarla.

Nona parpadeó lentamente y alzó la mano para acariciar con sus dedos artríticos su mejilla barbuda. Julia se sentía mortificada. ¿Qué le pasaba a su tía? El hombre no se movió y Julia se sintió cautivada por la escena.

–Soy una vieja con muchos defectos. Ella es mi hija, Capitán. Es todo lo que tengo, ¿entendido?

–Sí, señora.

–Eso espero. De momento, tenga cuidado –dijo la anciana, soltándolo–. No lo olvide, joven –añadió y volvió dentro de la casa sin decir nada más.

¿A qué se refería su tía?

–Qué raro, ¿no? –dijo Henry.

–Parece cansada.

Tal vez fuera una primera señal de demencia. ¿Qué iba a hacer Julia sin su tía? Siempre había cuidado de ella, en especial tras la pérdida de Matt. Era la madre que nunca había tenido.

–Pórtate bien con la tía Nona, Henry. Vete a la cama a tu hora y si necesitas algo, llama a Tina, la vecina. Está en casa con su bebé recién nacido.

Julia volvió a darle un beso a su hijo, antes de bajar la escalera seguida por su cita.

–Espere. Eso es una Harley ¿no?

–¡Sorpresa!

Una intensa emoción la asaltó. Lo tomó con fuerza por el brazo y apretó los dientes. La última vez que se había subido en una moto había sido abrazada a Matt. Se había aferrado a él como si fuera su armadura. La había protegido mientras se dirigían hacia la libertad. Cuando se sentaba detrás de él en la moto, nada podía hacerles daño. Todo lo malo lo dejaban atrás. Era como volar. Le había confiado su vida y su amor.

Nunca más volvería a confiar en nadie. Soltó el brazo de Capitán y dio un paso atrás.

–No puedo subirme ahí.

–¿Por qué? Pensé que te gustaban las motos.

¿Quién se lo había contado? Linda y María debían de haber hablado con él a sus espaldas.

Sí, le gustaban las motos, pero aquella no era una moto normal. Se parecía mucho a la de Matt. Sintió que el dolor se aferraba a su pecho.

–Lo siento. No puedo hacer esto. Pensé que podría, pero es evidente que no estoy preparada.

–Dime cuál es el problema y lo arreglaré.

¿Qué demonios le pasaba a Julia? Se había comportado como si no lo recordara y en aquel momento, parecía a punto de desmayarse junto a su moto. Era como si tuviera estrés postraumático.

Había decidido seguirle el juego hasta que decidiera qué hacer.

–Es algo personal –dijo y suspiró–. Vaya primer oficial que has elegido, Capitán. Será mejor que busques otra persona con la que ir a la fiesta. Te divertirás más sin mí.

–Quiero divertirme contigo.

«Como en los viejos tiempos o incluso más».

–Pero no sé cómo hacer…esto.

A Matt le gustaba el rumbo de sus pensamientos, pero no la expresión de su rostro.

–Escucha, Julia. Bailaremos, tomaremos champán, comeremos y reiremos. Es solo una fiesta, vamos.

–No me parece justo para ti –dijo y frunció el ceño–. No querrás tener a una mujer triste a tu lado.

–¿Triste? –repitió Matt acariciándole la barbilla.

Los ojos de Julia se humedecieron. Aquello le sorprendió. Julia siempre había sido valiente. ¿Le habría hecho daño aquel marido suyo? Si así era, el tipo había tenido suerte de no haber vuelto de Afganistán, o habría tenido que vérselas con él.

Todavía no se había recuperado del hecho de que Julia hubiera tenido un hijo con aquel imbécil. Él nunca había querido tener hijos. ¿Por qué desgraciar la vida de un niño como habían hecho sus padres? Nunca se le había ocurrido que Julia pudiera casarse con otro y tener un hijo. ¿Sería por eso por lo que lo había hecho, para tener un hijo?

–No puedo subirme a esa moto –dijo ella.

¿Qué pasaba? A Julia siempre le había gustado montar en su moto. Su idea era que lo rodeara con sus brazos y sentir sus pechos en su espalda. Luego darían un paseo y la besaría hasta hacerle recordar lo mucho que lo había echado de menos. Acabarían yendo a la fiesta y bailando el resto de la noche. Con un poco de suerte, se despertaría en sus brazos.

Pero por alguna razón, su plan se estaba echando a perder.

–Julia, cuéntame por qué.

–La Harley me trae recuerdos que querría olvidar.

Aquel golpe no lo vio venir. En la cafetería, se había referido a él como un error y en aquel momento pretendía olvidar las aventuras que habían vivido en la moto. Era evidente que estaba intentando enterrar el pasado.

–De acuerdo –gruñó Matt–. Ya veo que no quieres venir conmigo.

Se puso el casco sobre el pañuelo de pirata y pasó una pierna por encima de la moto. Tenía que distanciarse de la mujer que lo estaba volviendo loco. Tal vez debería olvidarse de la fiesta y marcharse de Plunder Cove esa misma noche. Ya había cumplido las órdenes de su padre. Conseguiría el avión que necesitaba sin escuchar el anuncio que su padre tenía planeado hacer y seguiría intentando olvidar a Julia.

–¡Espera!

Le puso la mano en la espalda y sintió que una corriente cálida le recorría hasta la entrepierna.

–¿Puedes tener paciencia conmigo? Hace mucho tiempo que no tengo una cita.

–¿De veras?

Julia fijó la mirada en sus labios.

–Sí, de veras.

Su voz grave fue su ruina. Se quedó de piedra. Deseaba besarla, pero se la veía frágil. No quería presionarla aún.

Le dio el casco y esperó a que se subiera en la moto y se abrazara a él. Volverían a construir nuevos recuerdos esa noche, recuerdos que se llevaría cuando se fuera de Plunder Cove de una vez para siempre.

Capítulo Cuatro

Matt disfrutó conduciendo su vieja Harley con Julia sentada detrás. Era una sensación placentera y familiar. En vez de tomar las curvas a toda velocidad como solía hacer, condujo lentamente por la costa. Estaba alargando el trayecto, pero a Julia no parecía importarle. Había apoyado la cabeza en su espalda y parecía estar relajada.

La noche era cálida y en la distancia se adivinaba la bruma flotando sobre el océano. La luna, en su fase creciente, parecía estarle haciendo un guiño como si se diera cuenta de la intensidad con la que le latía el corazón a Matt. La brisa que le daba en la cara le traía mezclado el olor de Julia con el mar.

Enseguida llegaron al acceso de Casa Larga y Matt condujo entre las jacarandas moradas que lo flanqueaban. El camino estaba iluminado por farolas, lo que le daba un aire extrañamente acogedor a la mansión. Al llegar, sorteó los coches que estaban aparcados. Las primas de Julia tenían razón: todo el mundo había acudido. Permaneció inmóvil unos segundos, memorizando la sensación de Julia contra él. Su Julia, por última vez.

Apagó el motor, se bajó de la moto y le ofreció su mano.

—¿Lista?

—Creo que sí –respondió aceptando su mano y sujetándose con fuerza.

—Todo saldrá bien. Confía en mí.

—¿Debería?

—Claro –dijo y rodeó la moto para colocarse tras ella–. Concéntrate en una palabra: diversión –susurró junto a su oído.

Vio que se estremecía y sacudía los hombros. Seguía teniendo cosquillas. Bueno era saberlo.

—Diversión –repitió ella.

—Tenemos dos misiones. La primera, entrar en la mansión y buscar información para impedir que se haga daño a los chorlitos. La segunda, disfrutar como nunca. No nos iremos de aquí sin haberlo pasado bien, ¿de acuerdo?

Ella asintió.

—Estupendo –dijo él dirigiéndose a la puerta.

—Oh, no –exclamó Julia y se detuvo–. Hay un vigilante en la entrada. ¿Lo ves?

—Sí, lo veo. Entremos por el lateral.

Reconocería al guardaespaldas de su padre en cualquier sitio. Aquel hombre había sido uno de los dos matones que lo había echado de la propiedad diez años antes.

—¿Has descubierto una entrada secreta esta tarde? Vaya, sí que has estado ocupado.

¿Qué se suponía que debía decir? No era la primera vez que entraba a escondidas con Julia Espinoza en la casa. La tomó de la mano y atravesaron una rosaleda. Poco más adelante, entre los robles, había un cenador en el que la había besado la última vez que habían estado allí.

—No hace falta que entremos todavía.

—De acuerdo.

—No te pongas nerviosa.

—¿Tú no lo estás?

—Un poco —mintió—, pero hemos venido a pasarlo bien.

—Todo esto me resulta extraño. La semana pasada hice el último examen de Derecho Medioambiental y me prohibieron la entrada a Casa Larga. Ahora estoy aquí en una… cita.

¿Por qué le costaba tanto decir aquella palabra? No quiso pararse a pensar en ello y cambió de tema.

—¿Te gustan las clases?

—Me encantan —contestó y su mirada se iluminó—. Quiero ser abogada. Esas pobres aves no pueden defenderse contra los grandes empresarios.

—Como RW.

—Y muchos otros que desprecian el medio ambiente en su propio beneficio. El agua y el aire se están contaminando y hay especies en peligro de extinción. Quiero un mundo mejor para todos.

La pasión por aquella causa iluminó su expresión. Se la veía muy guapa y no pudo evitar acariciarle la mejilla con los nudillos.

—Estoy de acuerdo.

Julia cerró los ojos, y se apoyó en su mano.

—Por eso estudio tanto. Dos semestres más y podré presentarme al examen para ejercer la abogacía. Además de mi hijo, es lo que da sentido a mi vida.

Le agradaba que hubiera encontrado una causa noble. Siempre había sido una persona muy bondadosa y enérgica, una mujer fuerte con las ideas claras, dispuesta a luchar por los inocentes.

–Eso me gusta. Julia Espinoza, salvadora del planeta.

–Te estás riendo de mí.

–De ninguna manera. Se te ilumina la mirada cuando hablas de Derecho Medioambiental. Las mujeres fuertes me resultan muy sexis. Es estupendo dedicarse a lo que a uno le gusta.

–Sí –replicó con voz muy suave.

–Ponerse objetivos y luchar por ellos. En las Fuerzas Aéreas lo llamábamos echarle pelotas.

–Yo no las tengo –dijo ella riendo.

–¿Bromeas? ¿Una madre soltera criando sola a su hijo mientras estudia? Tu coraje es envidiable.

Julia se sonrojó y Matt le acarició el labio inferior. No había conocido a ninguna mujer que tuviera unos labios como aquellos, y se inclinó para rozarlos con los suyos.

En aquel instante, se oyeron los gritos de unas mujeres a lo lejos.

–¿Qué ha sido eso? –preguntó Julia y echó a correr.

Matt la siguió. Atravesaron una senda y se detuvieron ante una fuente en la que se habían metido dos ancianas. Estaban jugando a salpicarse como si fueran dos niñas en una piscina.

–¡Tía Alana! ¡Tía Flora! ¿Qué estáis haciendo? –preguntó Julia–. Salid de ahí antes de que os vea todo el mundo –añadió y se volvió hacia Matt–. Se les ha ido la cabeza.

–Cuidado o tú y ese guapo seréis los siguientes –dijo Alana y amenazó con salpicarlos.

–El señor Harper ha dicho que nos divirtamos –añadió Flora–, y eso estamos haciendo.

–También puede echaros si no salís de ahí inmediatamente.

–No, tenemos que divertirnos como podamos. Nosotras no tenemos unos novios tan guapos –bromeó Alana.

Horrorizada, Julia se cubrió la boca con la mano, se aferró al brazo de Matt y tiró de él.

–No quiero estar aquí cuando vengan los vigilantes –dijo mientras tomaban la senda iluminada–. En mi familia están todos un poco locos. Pero los quiero mucho –añadió sonriendo.

–Tienes suerte de tener una familia que se preocupa por ti.

–¿Tú no tienes familia? –preguntó Julia.

–No tengo a nadie –contestó, mirándola con el ojo que llevaba al descubierto.

Pero ¿qué demonios? No había querido decir eso. El noventa y nueve por ciento de las veces no hacía caso de sus sentimientos. Julia conseguía sacarle sus pensamientos más íntimos como ninguna otra persona.

–¿De veras?

La mezcla de compasión, lástima y deseo que se adivinaba en el rostro de Julia le hizo desear obtener respuestas.

«Te tuve a ti, pero renunciaste a nosotros. ¿Por qué dejaste de amarme?».

Apretó los dientes. No quería venirse abajo. Lo suyo formaba parte del pasado. Abrió la puerta del acceso lateral y entró en su zona favorita de la mansión: la cocina. De niño, allí buscaba tranquilidad cuando sus padres discutían. Las mujeres de la cocina le habían ayudado a soportarlo.

–Buenas noches, señoras.

Donna, su cocinera favorita, estaba cortando unas costillas con un cuchillo enorme.

–Aquí estamos ocupados.

Los otros miembros del servicio estaban preparando los aperitivos, y llenando bandejas de queso y fruta.

–Solo estamos de paso.

Tomó un trozo de queso y un par de copas de champán.

–Ten, necesito que tengas fuerzas para que puedas seguirme en la pista de baile.

Julia masticó el pedazo de queso que le había metido en la boca y dio un sorbo a su champán.

–Creía que habías dicho que bailar era cosa de mujeres.

–Eso es lo que me enseñaron, pero acabé aprendiendo algunos pasos.

–Me gustaría verlo.

–Y lo verás.

Él tomó su mano libre y la condujo por el pasillo hacia la música.

–No voy a parar de bailar en toda la noche.

Cuánto le gustaría aprender unos cuantos pasos de aquel hombre tan atractivo. Bueno, más bien, todos los pasos.

Solo se había acostado con un hombre: Matt Harper. Llamarle hombre no era del todo preciso, ya que por aquel entonces él tenía diecisiete años. Había empezado a preguntarse si alguna vez tendría sexo con un hombre adulto. A esas alturas de su vida, no necesitaba un marido ni una relación estable. ¿En dónde encajaría un hombre entre su hijo, su familia, la universidad, la defensa de los animales y una carrera en ciernes? Nadie querría sentirse el último en su lista de prioridades.

Echaba de menos la pasión y sentirse deseada. Cuando Capitán le había susurrado al oído y le había acariciado la mejilla, había estallado en llamas. Después de que le diera el trozo de queso y entrelazará sus dedos con los suyos, se había sentido… deseada.

Estaba hecha un lío. Nadie podía amarla como Matt.

Capitán era un atractivo piloto que había conocido por casualidad y no había ninguna duda de que era una buena opción para pasar unas cuantas horas de pasión. Siempre y cuando mantuviera a raya sus recuerdos. La bicicleta, el jardín por el que solían pasear de la mano, el cenador donde le había dado su primer beso… Matt estaba en todas partes.

El primer año después de que muriera, lo había visto en todos los hombres con los que se había cruzado. Le había oído llamarla en mitad de la noche y había salido en pijama para buscarlo en el patio. Le había costado controlar su imaginación y, en aquel momento, no dejaba de asaltarla con recuerdos de Matt en la primera cita que tenía en años. No era justo para él ni para ella.

¿Cómo decirle a Capitán que caminaba como su antiguo novio? Incluso que olía como él. Y su voz, aunque era más profunda, tenía la misma cadencia. Cuando le había acariciado la mejilla, había cerrado los ojos y Capitán se había convertido en Matt.

La única diferencia era la forma en la que conducía la moto. Matt habría tomado las curvas a más velocidad. Aquel hombre era mucho más prudente. Pero le gustaba. Era sexy, fuerte y amable. Cuando le había dicho que no había nadie en su vida, se le había encogido el corazón. Su primer impulso había sido abrir los brazos y reconfortarlo, tal vez porque ella también estaba triste.

Si se iba a la cama con un hombre atractivo, tal vez así consiguiera superar el vacío que había en su corazón. Capitán iba a estar allí unos pocos días, nada lo retenía allí. Era perfecto para una aventura de una noche.

—¿Preparada para disfrutar? —le preguntó él con la mano en el pomo de la puerta.

Al otro lado se oía ruido de música y conversaciones. Sabía lo que se iba a encontrar cuando abriera: el gran salón. La última vez que había estado allí había bailado con Matt en la fiesta de sus diecisiete años. Bueno, ella había estado bailando y él pisándole los pies. Después de la fiesta, había tenido que tirar las sandalias. Pero nada de eso le había importado, porque aquella noche le había dicho que la quería.

«No, pienses en eso. Matt está muerto», pensó y los ojos se le humedecieron.

—¿Julia?

—Venga, enséñame cómo bailas, Capitán.

—Esa es mi chica —dijo y abrió las puertas de par en par.

Capítulo Cinco

–La música suena cada vez más alto ahí abajo.

RW sirvió champán en una copa y se la ofreció a Angel.

–Por ti, querida.

Ella chocó su copa con la botella de agua.

–Por las segundas oportunidades.

Brindaron por ello. Ella era su segunda oportunidad, aunque no quisiera serlo porque era su terapeuta. Por primera vez se sentía comprendido.

Angel le había salvado la vida y le estaba empujando hacia la última fase del tratamiento. Juntos habían diseñado un plan destinado a superar las secuelas de su enfermedad. No estaba seguro de que fuera a funcionar, pero por ella, estaba dispuesta a intentarlo.

–¿Han venido los tres? –preguntó ella después de dar el primer sorbo.

–Chloe y Jeffrey han llegado esta mañana. Todavía no he visto a Matthew, pero el servicio me ha dicho que anda por aquí. Estoy esperando que venga a verme.

–Hay que darle tiempo. Ya se dejará caer.

–Quizá, después de todo es un Harper. Somos muy cabezotas.

–Anda que no lo sabré yo –dijo y le guiñó un ojo.

Era juguetona y cariñosa. Estaría perdido sin aquella mujer.

—Me has hecho cambiar. Te das cuenta, ¿verdad?

—Bueno, estás tan guapo como un pirata.

No se refería a eso. Quería insistir, preguntarle si había vuelto a considerar su oferta. Pero su instinto le decía que tuviera paciencia y le diera tiempo.

—De acuerdo, pirata. Únete a tu fiesta, pero recuerda el plan. Ya verás como funciona.

—¿Y si vuelve a pasar?

—No, no volverá a pasar —dijo ella, poniendo su mano fría sobre la de él.

Cuando le sonrió, el nudo de sus entrañas se aflojó. Era la única que podía tranquilizarlo. Junto a ella había encontrado la fuerza necesaria para poner en marcha el plan y pedirles a sus hijos que volvieran a casa. Le acarició el hombro desnudo con los nudillos.

—¿Te quedarás?

—No debería.

—¿Por qué? He invitado a todo el pueblo. Nadie atará cabos. Además, te he comprado un disfraz de pirata, nadie te reconocerá.

Ella se puso de puntillas y lo besó en la mejilla.

—No quiero arriesgarme.

—No puedo hacer esto sin ti, Angel. Por favor —dijo con voz quebrada.

Sus miradas se encontraron y asumió que era la única capaz de reconocer sus demonios, aquellos que habían estado a punto de destruirle a él y a todo lo que amaba. Los mismos que ella estaba intentando destruir. Esa debió de ser la razón por la que asintió con la cabeza. Porque ella no lo amaba, no podía amarlo. Y pronto, en cuanto se cumpliera el plan, se iría.

Si no se volvía más fuerte, solo de pensarlo se hundiría.

Capítulo Seis

Julia ahogó un grito cuando entraron en el salón abarrotado. Estaba igual que hacía diez años durante la celebración del cumpleaños de Matt. Sintió una presión tan fuerte en el pecho que se le hizo difícil respirar. Todo le dolía. Se sentía diminuta.

—Tengo que irme —dijo y apartó la mano de la suya.

Él se volvió hacia ella y seguramente vio angustia en sus ojos. En vez de soltarla, se acercó más a ella y la tomó por los hombros.

—Nadie va a hacerte daño, te lo prometo. Quédate, por favor.

—No lo entiendes.

El sonido de una trompeta la sobresaltó y la orquesta empezó a tocar una de sus canciones favoritas.

—Piensa en esas aves que quieres salvar. Además… —continuó Capitán señalándola con el dedo—, no puedo enseñarte mis pasos de baile si no vienes conmigo a la pista.

Ella se mordió el labio. Los chorlitos la necesitaban y ella deseaba a aquel hombre. Le dio la mano.

—Esta canción es buena para…

—Es salsa. Relájate, esto se me da bien.

Cuando quiso darse cuenta, estaba bailando

con un pirata. Enseguida se dio cuenta de que había encontrado la horma de su zapato. Todo el mundo los estaba mirando y Capitán no le había quitado los ojos de encima. Sintió un escalofrío.

—Bailas bien.

Lo había dicho como un cumplido, pero ¿por qué su voz había sonado triste?

Porque deseaba que Capitán fuera la reencarnación de Matt. Por la forma en que bailaba, no daba lugar a ninguna esperanza. Matt apenas era capaz de seguir el ritmo con los pies mientras que su cita bailaba salsa como si llevara haciéndolo toda la vida. Aquel no era su chico. Había llegado el momento de olvidarse para siempre de Matt y disfrutar con aquel hombre de la fiesta.

—Tampoco tú bailas mal —dijo atrayéndola hasta toparse con sus pechos—, para ser una chica.

Julia se olvidó del pasado al verlo sonreír. Era incapaz de apartar la vista de aquellos labios. Luego le puso una mano en la mejilla y le acarició la barba. Él dejó de bailar y se quedó observándola. ¿La música era más lenta o se había parado el mundo? No estaba segura. En lo único en lo que podía pensar era en que parecía capaz de hacerle el amor allí mismo.

Y ella lo deseaba.

Lo rodeó con el brazo por el cuello y atrajo su boca a la suya. El beso que le dio no fue un simple roce. Hacía tanto tiempo que sus labios no besaban que fue como si cobraran vida propia. El fuego se extendió por sus entrañas y su corazón empezó a latir con fuerza. Se sentía arrastrada por el deseo que despertaba en ella aquel hombre.

Él la tomó por las mejillas y le devolvió el beso. Pero no fue suficiente. Julia quería más. Deslizó la lengua dentro de su boca, saboreándolo y explorándolo. Por el gemido que soltó supo que lo estaba haciendo bien. Él apartó una mano de su rostro y la tomó de la parte baja de la espalda, atrayéndola.

La gente que los rodeaba desapareció. Se olvidó de todo, excepto de lo que quería. Sus labios eran perfectos. Encajaban con los suyos como si hubieran sido hechos para ella. Una oleada de deseo se apoderó de ella. Quería sentir su mano más abajo.

«Quiero más, Matt».

¿Matt? Se apartó y miró a Capitán. ¿Qué demonios… Por un segundo, había pensado que… Pero eso era imposible. ¿De dónde había sacado esa idea la cabeza?

La sonrisa de Capitán había desaparecido. Por su expresión, era evidente que aquel beso le había afectado tanto como a ella.

Estaban rodeados de gente y completamente vestidos. ¿Qué pasos le enseñaría cuando estuvieran a solas?

Una canción lenta y sensual empezó a sonar, y la obligó a girar hasta que su espalda quedó contra su pecho. Luego, apoyó la mano en su ombligo y se movieron al ritmo de la música. Lentamente, deslizó la otra mano por su brazo, acariciándola, y la besó en el cuello. Ella jadeó y cerró los ojos.

—Siente cuánto te deseo —dijo mientras se apretaba contra ella.

Julia no tenía ninguna duda de lo que sentía. Tragó saliva y se limitó a asentir.

Mientras se mecían de un lado a otro, él le mordisqueó la oreja. Julia se estremeció. Era una sensación muy agradable. Empezó a dibujarle círculos en el vientre y poco a poco fue bajando, pero enseguida se detuvo. Ella arqueó las caderas, tratando de que aquellos dedos llegaran adonde quería. Necesitaba sentir sus caricias, aunque fuera por encima de la falda. Le estaba haciendo perder los papeles y le resultaba difícil contenerse. Quería pedirle a gritos que siguiera.

–Señorita Espinoza, ha violado la orden de alejamiento –dijo una voz autoritaria detrás de ella–. Tiene que venir con nosotros.

Julia abrió los ojos y se encontró dos vigilantes rodeándolos.

–Ni en broma –gruñó Capitán.

–Señor, esto es un asunto oficial, no nos lo ponga difícil –intervino el segundo vigilante.

–Llévatela –ordenó el jefe de seguridad.

El otro hombre la tomó del brazo, obedeciendo a su superior.

–¡Atrás!

Capitán le dio un empujón y se colocó delante de Julia, protegiéndola con su cuerpo.

–Como vuelva a tocarla, alguien saldrá herido.

El primer vigilante frunció el ceño y el segundo sacó su arma. Varias mujeres gritaron.

–¡No! –gritó Julia–. Deténganse. Me iré con ustedes. Guarde esa cosa.

–No vas a irte con estos matones.

El jefe de seguridad dio un paso al frente.

–Manténgase al margen o los arrestaremos a los dos.

–¿Por qué motivo? –preguntó Capitán.

–Por allanamiento.

Capitán rio y miró alrededor del salón buscando a… ¿quién? Su mirada se detuvo en alguien a quien Julia no podía ver porque quedaba oculto detrás de Capitán.

–¿Cómo es que todavía no has despedido a estos zopencos?

Se hizo el silencio en el salón. Todos los ojos estaban puestos en Capitán. Después de unos segundos, el jefe de seguridad volvió a tomar la palabra.

–No sé qué pretende, caballero, pero ya está bien.

Al tomarla del brazo, tiró de la manga, dejándole un hombro al descubierto.

Capitán le dio un puñetazo al vigilante. Antes de tocar el suelo, el hombre ya estaba inconsciente.

–¡No se mueva! –exclamó el otro vigilante dando un paso al frente mientras apuntaba con su pistola al pecho de Capitán.

–¡No! –gritó Julia.

Pero Capitán no se amedrentó.

–Tire el arma.

Julia estaba asustada. Temía que por su valentía fuera a recibir un disparo.

–Por favor, Capitán, vámonos –le rogó.

–Quédate detrás de mí, cariño –dijo sin inmutarse.

–¿Qué demonios está pasando aquí? –resonó la voz de RW Harper.

Capitán no se volvió ni apartó la vista de la pistola.

–Ya era hora.

Julia sintió que el corazón se le encogía. ¿Sería Capitán socio o amigo de RW? Fuera como fuese, no estaría de su lado si era amigo de aquel monstruo.

—¡Contesta! —exigió RW.

—Dímelo tú, papá. ¿Por qué quieres que arresten a mi exnovia?

Se oyó una exclamación colectiva.

Julia fue incapaz de emitir sonido alguno porque no podía respirar. Tampoco podía pensar con claridad. ¿Papá? ¿Exnovia? Aquellas palabras no tenían ningún sentido. Los latidos de su corazón martilleaban sus oídos.

«Necesito aire», se dijo.

—Guarde la pistola —ordenó RW.

Luego volvió la atención hacia Capitán y, para sorpresa de Julia, le dio una palmada en la espalda. RW sonrió de oreja a oreja. Parecía un hombre diferente. Siempre lo había visto enfadado.

—¡Matthew! Me alegro de que hayas vuelto a casa.

¿Matthew? Le faltaban las fuerzas y las piernas le flaquearon. Alguien detrás de ella aplaudió y enseguida se le unieron otras personas.

Julia era incapaz de hablar. El corazón le latía desbocado y la garganta se le había cerrado.

«Después de todos estos años, Matt está vivo. Matt está… aquí».

Un torbellino de emociones se desató en ella, debilitándola. Aquello era más de lo que podía soportar. Se abrió paso entre la gente, atravesó la cocina y salió por la puerta lateral a la oscuridad de la noche.

–¡Julia! –gritó Matt.

Quería salir tras ella, pero antes de que se diera cuenta de lo que estaba pasando, RW lo abrazó. Matt no supo qué hacer. La única forma en que recordaba tocar a su padre era con los puños. Se quedó sin saber qué hacer, con los brazos caídos mientras su padre le estrechaba.

–Gracias por venir a casa, hijo –dijo RW con un sentimiento sincero al soltarlo.

Nada de gritos ni portazos. Aquel era un mundo nuevo para Matt. No sabía cómo comportarse. Se llevó la mano al pelo y se encontró con el pañuelo de Henry. Se lo quitó y lo guardó en el bolsillo.

–Tengo que hablar con Julia.

–Claro –asintió RW.

Pero apenas pudo moverse. Estaba rodeado. Era como si todo el mundo quisiera tocar al hijo pródigo. Tenía que encontrar a Julia. Se levantó el parche del ojo para ver mejor. ¿Dónde se había ido?

Entre disculpas, pasó entre un grupo y cuando estaba a punto de abrir la puerta de la cocina, María, la prima de Julia, le cortó el paso.

–¿Tú eres Matt Harper, verdad?

Tenía los brazos en jarras y se la veía furiosa. Detrás estaba su novio, amenazante.

–Sí. Necesito encontrar a…

María tomó impulso y le dio un puñetazo.

–Eso por romperle el corazón a Julia. Como lo vuelvas a hacer, la próxima vez será en la entrepierna. Vamos, Jaime.

Matt trató de buscarle sentido a los últimos cinco minutos. ¿Romperle el corazón a Julia? ¿Por qué era el malo de la película? Julia se había casado y había fundado una familia sin él. Había optado por olvidarlo. Nunca olvidaría lo pálida que se había quedado al oír a su padre pronunciar su nombre.

Al parecer, no se había dado cuenta de quién era realmente cuando se habían visto en la cafetería de Juanita. Aquel pensamiento no le agradaba porque significaba que se había sentido atraída por un desconocido.

No podía pensar con claridad cuando se rozaban. ¿Y cuando se habían besado? Había estado a punto de perder la cabeza. Nunca antes había explorado su boca de aquella manera. La pequeña Julia se había convertido en una mujer sexy y apasionada. Había deseado llevársela a su casa y besar cada centímetro de su cuerpo lentamente. La forma en que había apretado su trasero contra él le había hecho pensar que estaría dispuesta.

Entonces, ¿por qué se había ido corriendo?

Metió las manos en los bolsillos y sacó el pañuelo de Henry. Solo le quedaba una cosa por hacer. Le devolvería al niño lo que era suyo y aprovecharía la ocasión para aclarar las cosas con su madre antes de marcharse para siempre.

Su sitio no estaba en Plunder Cove. Julia Espinoza se lo había dejado muy claro. Ya no era el príncipe desaparecido. Era un piloto al que necesitaban al otro lado del mundo, no allí.

Capítulo Siete

Angel observaba a Julia desde detrás del cenador.

Deseaba correr detrás de ella e impedir que aquella joven cometiera los mismos errores que ella. Cuánto deseaba ayudar a aquellos amantes, pero sus manos hacía tiempo que estaban atadas.

Si salía de las sombras, la matarían. Solo RW conocía sus secretos, puesto que se los había confiado después de que él le revelara los suyos, pero tenía que ser prudente. Su vida apenas importaba cuando la gente que amaba, en especial Julia y Henry, podían resultar heridos.

No podía arriesgarse, tenía que dejar que Julia se fuera.

Su teléfono vibró en el bolsillo de su disfraz de pirata.

—¿Hola?

—Lo sabías, ¿verdad? Matthew Harper está vivo.

Llevaba tantos años soportando la ira de la tía Nona que reconocería su voz en cualquier parte.

Angel suspiró.

—Lo sabía, sí.

—Deberías habérmelo dicho. Después de todo, soy la tutora legal de Julia.

¿Tutora? Julia ya era una mujer adulta. Hacía años que Nona debería de haber dejado de meter las narices en la vida de Julia. Lo cierto era que Julia estaba cuidando de Nona y sus hermanas más que aquellas mujeres de ella.

–Esto es entre RW y su hijo. Julia pasó página hace tiempo.

–¡No me importan RW y su hijo! Esos dos destrozaron a Julia. Por aquel entonces no estabas aquí, así que no lo sabes. Sí, tienes razón, de eso hace mucho tiempo, pero no he perdonado a los Harper. Y tú tampoco deberías hacerlo.

No le había resultado difícil perdonar a RW después de haberlo llegado a conocer. De haber estado en su lugar, no habría conseguido superar lo que él había vivido. No, lo que RW necesitaba era comprensión. Si no tuviera sus propios problemas, aceptaría su oferta de quedarse y le ayudaría a aliviar sus penas. Una vez más, la elección no estaba en su mano.

Angel era una mujer marcada a la que se le acababa el tiempo. Perdonar a RW y llegar a conocer al hombre que se ocultaba tras aquella fachada de millonario había sido un regalo único y excepcional con el que no contaba. Se había ofrecido a ser en secreto su médico porque ansiaba su redención. Comprendía su dolor y lo sentía como propio. Otros se habrían aprovechado de su debilidad para conseguir fama o dinero, pero ella no quería causarle daño. La había hecho sentirse completa, realizada. Era mucho más de lo que se merecía.

Ella era la razón por la que su familia estaba en peligro. Era incapaz de perdonarse a sí misma y no estaba dispuesta a quedarse a su lado solo por satisfacer sus deseos.

—Hace mucho tiempo que Julia está triste. Se merece ser feliz, aunque solo sea por un día. Espero que al menos le concedas esto, Nona.

—Todos queremos ser felices. ¿No te parece que los del pueblo tenemos algo que decir en este asunto? Todos nos postramos a los pies de RW y fingimos estar contentos. Ni que nos estuviera regalando un tesoro de su cofre de pirata. Se te olvida que trabajé en esa casa muchos años. Sé qué clase de hombre es.

—Ha cambiado —dijo Angel.

—Contigo es diferente, pero ¿cómo estás tan segura de que ha cambiado?

No estaba segura, pero al menos tenía esperanzas, a diferencia de sus vecinos. Los antepasados de la gente del pueblo habían sido comprados como mano de obra. Las generaciones posteriores habían sido liberadas, pero se habían olvidado de soñar.

RW no podía compensarles por todo lo que habían sufrido, pero estaba dispuesto a reparar todo el daño que pudiera. Porque había cambiado. Se negaba a pensar otra cosa.

—Tengo que colgar. María y Jaime han llevando a Julia a casa. Debe de estar a punto de llegar.

—Bien. Solo necesita tiempo para hacerse a la idea de que Matt está vivo. Por favor, no la desanimes, ahora es una mujer adulta con sus propias ideas. Asegúrate de que está bien y luego encuéntrate conmigo en la cafetería de Juanita. Tenemos mucho de qué hablar.

—Haremos eso. Hacía tiempo que el corazón no me latía tan deprisa. Pero es que cuando le he visto esta noche en el porche… Voy a necesitar un buen tequila para poder dormir esta noche –dijo Nona.

–Dale un beso a Julia de mi parte.

–Lo haré.

Angel sabía que no se lo diría y eso la entristecía.

Matt se subió a la moto y arrancó en dirección a la casa de Julia. Esta vez tomó el camino más corto y aceleró en las curvas. No podía quitarse la sensación de que su padre tenía algo que ver con la sorpresa que se había llevado Julia. Cuanto antes hablara con ella y entendiera qué demonios estaba pasando, antes podría acabar lo que había ido a hacer e irse.

Las luces estaban apagadas en el número 3C de Bougainvillea Lane. Aparcó la moto y llamó a la puerta. Se oía sollozar en el interior.

–Julia, soy yo.

Sabía que estaba allí. Casi podía sentir su respiración.

–Necesito hablar contigo –dijo y apoyó la frente en la puerta–. ¿Qué ha hecho mi padre?

Estaba tan enfadado que sentía ganas de estampar el puño en la pared, pero no quería despertar a su hijo. En vez de eso, se golpeó la pierna.

–Julia, en una ocasión prometiste amarme toda la vida, ¿se te ha olvidado?

La puerta se entreabrió. Se había quitado la peluca y las medias. El maquillaje se le había corrido debajo de los ojos y se la veía más joven, más como la Julia que se escapaba con él en mitad de la noche para ir a la playa. Llevaba un camisón y el pelo suelto sobre los hombros. La tenue luz de la bombilla de la entrada le permitía ver a través de la tela. Tuvo que contenerse para no abrir la puerta de un empujón y tomarla en sus brazos.

—Pensaba que estabas muerto —dijo con una mezcla de dolor y sorpresa en la mirada.

Él inclinó la cabeza. ¿Quién le había dicho eso? No podía creerlo.

—Al menos me alegro de saber que has pensado en mí, cariño.

—¿Por qué dices eso? —preguntó confundida.

—Seguiste con tu vida sin mí —respondió sin poder ocultar la amargura en sus palabras.

—Ni siquiera te despediste.

—Quise hacerlo.

¿Sería posible que su padre los hubiera manipulado a ambos?

—Escucha, Julia, ¿podemos hablar?

Ella parpadeó rápidamente, como si estuviera a punto de llorar. Si lo hacía, sería su perdición. La abrazaría y no la soltaría jamás. Por suerte, contuvo las lágrimas y farfulló algo entre dientes. Luego sacudió la cabeza y se quedó mirándolo.

—Estabas muerto —susurró, abalanzándose sobre él—. Pensé que te había perdido —añadió con lágrimas en los ojos, sin apartar la vista de sus labios.

La tomó en sus brazos. Necesitaba tocarla y saborearla. El beso que le dio al presionar sus labios contra los suyos fue salado y él se lo devolvió con ardor. Le sorprendió lo doloroso que le resultó besar a la mujer a la que pensaba que nunca más volvería a besar.

–Matt –dijo apartándose de él–, ¿qué le ha pasado a tu ojo?

–Me he llevado un puñetazo.

–¿Tu padre?

–No, otro familiar enfurecido. Estoy bien. Eres tú y esas pequeñas aves lo que me preocupa.

Ella se cruzó de brazos y arqueó una ceja.

–¿Los chorlitos?

–Sí.

Eso no se lo creía. Aquellos pájaros no eran la razón de que estuviera allí y ambos lo sabían. Pero Matt se aferraría a lo que fuera con tal de que le hablara.

–Te prometí que te ayudaría a obtener información, pero te has ido demasiado pronto. Podríamos unirnos para salvar a los chorlitos antes de que me vaya. Matt y Julia contra el mundo una última vez.

–¿Vas a marcharte de Plunder Cove?

¿Qué era lo que veía en su rostro, decepción?

–Acabo de recuperarte y no quiero que te vayas todavía –dijo y dejó escapar un suspiro–. Temía que se me hubiera olvidado cómo… desear a alguien. Pero cuando me tocaste, aunque no podía creer que fueras tú, todos aquellos sentimientos y sensaciones volvieron a aflorar –añadió mirándolo a los ojos–. Me hiciste desear. Hacía mucho tiempo que no sentía algo así. Pensé que nunca volvería a sentirlo. Por favor, Matt, déjame… sentir.

Matt sintió que el pulso se le aceleraba.

–¿Qué necesitas sentir? –preguntó y la besó en la frente.

–Que estoy viva –contestó después de unos segundos.

–Cariño, eres la persona más viva que he conocido nunca –dijo acariciándole la mejilla con los nudillos–. Tu espíritu, tu determinación, tu luz. Todo eso es lo que me ha dado fuerzas para seguir luchando.

–Ya no soy esa chica. Creo que he perdido esas cualidades, pero si te quedas en Plunder Cove…

Una punzada de desesperación se clavó en su pecho. No iba a quedarse, no podía.

–Julia, dirijo una línea aérea. Me voy el lunes.

–Entonces, te tendré el fin de semana –dijo y se sonrojó–. Bueno, si no tienes otros planes. Si quieres, podemos… estar juntos. Por una última vez o por tres…

Julia tragó saliva y evitó mirarlo a los ojos. Matt la tomó por la barbilla y buscó su mirada.

–¿Una última vez o tres?

–¿Cuatro?

Él sonrió.

–¿Me estás proponiendo algo, cariño?

–¿Sí?

–Venga, no me lo preguntes. Inténtalo de nuevo.

Ella se mordió el labio, pero no dijo nada.

–Dime que quieres que te haga el amor todo el fin de semana. Dime que quieres que te bese, que te acaricie, que te haga correrte cuatro veces en una hora.

–Sí, por favor.

Él sonrió. La deseaba tanto como ella a él. Y tal vez pudieran disfrutar de algo parecido a la luna de miel que nunca habían tenido antes de que se marchara de Plunder Cove.

Julia se echó en sus brazos y selló el acuerdo con un beso en el cuello.

–Gracias. Esta será la despedida que nunca tuvimos. Así ambos podremos seguir adelante con nuestras vidas.

–Sí, claro, una despedida.

Aquellas palabras casi se le atascaron en la garganta. Era la primera vez que se sentía decepcionado mientras una mujer hermosa lo besaba en el cuello. No quería hacerlo evidente, ni que se diera cuenta de sus emociones. No cuando Julia quería sexo con él.

No podía decirle por qué no se había despedido de ella diez años atrás y tal vez él nunca supiera por qué había creído que estaba muerto. Esos malentendidos ya no importaban. Se había casado con otro y había tenido un hijo suyo. Y él tenía que cumplir sus sueños lejos de allí. No podían retomar lo que una vez habían tenido, pero podían disfrutar del poco tiempo que tuvieran juntos.

–Hasta mañana –dijo ella y le besó en la barbilla.

–Podríamos empezar ahora –replicó Matt sonriendo.

–No. Henry está dentro y tengo que volver con él.

Le acarició la mejilla, como si todavía no pudiera creer que era él. Le agradaban sus caricias y estaba deseando sentirlas por todo el cuerpo.

–Ven por la mañana. Te prepararé el desayuno –añadió.

Le dio un beso largo y lento, y cuando se separó, Julia se quedó mirándolo. La furia había desaparecido.

–Aquí estaré. Buenas noches, Julia Espinoza.

–Buenas noches, Matt Harper –dijo curvando los labios en una sonrisa.

Luego la vio volverse y meterse dentro.

Capítulo Ocho

De vuelta a Casa Larga, Matt se sorprendió de que la fiesta siguiera en pleno apogeo. Hasta que recordó lo mucho que a la familia de Julia le gustaban las fiestas, algo que había descubierto cuando Julia había celebrado sus quince años.

Sus tías habían tirado la casa por la ventana. Habían alquilado la terraza de un hotel de cinco estrellas en una ciudad cercana. Matt se había puesto su esmoquin y había esperado en el aparcamiento junto al resto de invitados a que llegara la limusina. Nada más verla con aquel vestido rosa de princesa de cuento, se había quedado boquiabierto y se había sentido el hombre más feliz del mundo cuando le había sonreído.

Enseguida habían empezado a circular la comida y la bebida, y había descubierto que todos en la familia bailaban. Había querido abofetearse un montón de veces aquella noche por no ser capaz de sacar a bailar a su princesa. Relegado a un rincón, había visto a su chica bailar con todo el mundo excepto con él. Ese día, se había prometido aprender a bailar salsa.

La música resonaba en Casa Larga, llenando la noche. También se oían risas y cantos. Esta vez no entró por el lateral. Los dos gorilas ya no estaban en la puerta principal.

–¡Matthew, aquí! –dijo RW levantando la voz–. Te estábamos esperando para hacer el anuncio.

Su padre estaba arriba de la escalera, sentado en un sofá junto a dos caras que Matt hacía tiempo que no veía. A Jeff lo habían echado de la casa al poco de irse Matt. Al menos había tenido la suerte de estudiar Dirección y Gestión de Hoteles en un centro exclusivo de Nueva York. Chloe, su hermana pequeña, se había ido a vivir con su madre a Santa Mónica o a Malibú, o adonde quiera que su madre se fuera a vivir después. No había estado en contacto con ninguno de ellos.

Subió la escalera y sonrió.

–Reunión familiar.

–¡Matt!

Chloe se puso de pie de un salto y corrió a abrazarlo. Llevaba su larga melena rubia recogida en una trenza suelta. Su rostro era tan expresivo como siempre.

La abrazó emocionado. Debía de tener veinticuatro años.

–No sé quién es, señorita, pero me recuerda a una niña que conocía.

–No me has llamado –replicó ella, dándole una palmada en el brazo.

–Lo siento. No me gustan los teléfonos.

–Podías haberme mandado algún mensaje de vez en cuando –dijo y lo besó en la mejilla–. Te he visto bailando con una guapa pirata. Dime que era Julia –añadió susurrando.

–Sí, era Julia.

–¡Lo sabía! –exclamó dando una palmada–. Me alegro, hermanito.

—Mira quién ha aparecido esta noche.

Jeff se levantó del sofá y le tendió su mano pecosa. Era el pelirrojo de la familia.

Matt se la estrechó. Se había convertido en un hombre de provecho que trabajaba en Nueva York.

—Vaya, si has crecido por lo menos un palmo. Casi estás tan alto como tu hermano mayor.

—He crecido diecinueve centímetros. Y fíjate mejor, te he pasado.

Estaban hombro con hombro y sí, Jeff era más alto.

—¿Qué pasa, que te has puesto tacones?

Jeff le dio una palmada en el brazo.

—No —dijo Matt frotándose el brazo—. Pegas como la última chica que me dio un puñetazo.

—Sí, ya veo la magulladura. ¿Qué hiciste para ofenderla?

—Admitir que era un Harper.

—Eso explica ese ojo morado —dijo Jeff.

Chloe se abrazó a sus hermanos.

—¡Cuánto me alegro de veros! Os he echado mucho de menos.

—Yo también te he echado de menos, pececillo.

Aquel era el apodo con el que solía llamarla. De niña, le gustaba nadar y hacer surf con su hermano.

Matt alzó la mirada y vio a RW contemplando la escena. Tenía las manos en los bolsillos y los ojos enrojecidos, como si hubiera estado bebiendo toda la noche. Pero no había ninguna copa a la vista. Además, RW Harper no bebía nunca. ¿Qué le había pasado al hombre cruel y arrogante que siempre había conocido?

–Dinos, papá. ¿A qué anuncio te referías?

RW se tomó aquello como una invitación para unirse al trío.

–No nos lo ha contado a ninguno –susurró Jeff–. Tengo la sensación de que es algo malo.

–Tal vez no –dijo Chloe.

Siempre había sido la optimista de la familia. Matt no sabía de dónde le venía aquella cualidad.

RW pasó junto a ellos y se acercó a la barandilla.

–Reunamos las tropas.

Matt arqueó una ceja. Jeff se encogió de hombros. Chloe seguía abrazada a sus hermanos, con la mirada fija en su padre,

–Para la música –pidió RW a uno de los muchachos que estaban abajo y cuando se hizo el silencio, continuó–. Gracias a todos por estar aquí, especialmente a mis hijos por volver a casa.

Matt se cruzó de brazos. Hacía mucho tiempo que Casa Larga había dejado de ser su hogar.

–Esta noche quiero contaros el nuevo proyecto de Industrias Harper –continuó RW.

¿Se referiría a aquella construcción que estaba poniendo en peligro a los chorlitos? Deseó que Julia estuviera allí para enterarse de aquel anuncio.

–Casa Larga va a convertirse en un hotel y spa de cinco estrellas. Habrá pistas de tenis, campo de golf y toda clase de lujos. Esto beneficiará a todos en Plunder Cove.

Chloe se volvió hacia Jeff. Siempre había estado interesado en los negocios hoteleros antes de dedicarse a la televisión. Era famoso por su programa dedicado a hoteles lujosos.

Aquello era interesante, pero Matt no sabía

cómo aquella noticia podía beneficiar a alguien o a algo que no fuera RW y su cuenta bancaria. La gente del salón empezó a susurrar entre ellos, probablemente pensado lo mismo.

—En agradecimiento por el trabajo que vosotros y vuestras familias habéis hecho por la mía a lo largo de los siglos, el veinticinco por ciento de los beneficios será para los habitantes del pueblo. Mis abogados ya tienen redactado el contrato. Sugiero que elijáis un representante, o un consejo, para que firme y al que entregarle el dinero —dijo RW sonriendo—. Van a ser millones.

Matt se quedó mirando a su padre. Era la cosa más increíble que le había oído decir.

—Por favor, disfrutad de la comida y la bebida, y quedaos todo el tiempo que queráis —concluyó y se volvió hacia sus hijos—. ¿Qué tal lo he hecho?

—¿Estás tomando algo? —dijo Matt sin poder salir de su asombro.

Chloe le dio un codazo en las costillas.

—¿Por qué dices eso? —preguntó RW borrando la sonrisa de sus labios.

—Nunca has dado dinero para obras de caridad, mucho menos para el pueblo.

RW alisó unas arrugas invisibles de su inmaculado traje.

—Es hora de dar algo a cambio, hijo mío. Pensé que te alegrarías.

¿Alegrarse? Quizá si su padre de veras cumpliera alguna vez su palabra.

—Siempre he pensado que esta zona necesitaba mejores instalaciones. Vas a necesitar un buen equipo para las obras del hotel y el restaurante.

¿Quieres que te dé algunos contactos? –preguntó Jeff.

–Ya tengo al que necesito –contestó RW, dándole una palmada a Jeff en la espalda.

–No, no es posible –respondió Jeff dando un paso atrás.

–Para esto te formaste, hijo mío. De pequeño siempre decías que querías construir un hotel de lujo. Bueno, pues aquí está. ¿No quieres ser el fundador del mejor hotel y restaurante de Norteamérica?

«Cuidado, hermanito, está intentando camelarte».

–No puedo hacerlo, papá. Mi programa va muy bien. Acabamos de firmar por otra temporada.

RW resopló.

–¿Te refieres a ese programa que se dedica a sacar los trapos sucios de los mejores hoteles? Es absurdo y no hace honor a tu talento. No querrás hacer eso el resto de tu vida, ¿verdad, Jeffrey?

Chloe acudió al rescate de su hermano.

–¡Papá! *Secretos entre sábanas* tiene mucha audiencia. A todas mis amigas les encanta –dijo, y dirigiéndose hacia Jeff, añadió–: Les pareces muy guapo.

Jeff sacudió la cabeza.

–No espero que un tipo como tú entienda por qué los hoteles necesitan de críticos para mantener la buena calidad de sus servicios.

–¿Críticos? Te consideran un pretencioso, hijo. No deberías conformarte con otra cosa que no fuera lo que estabas destinado a ser: el mejor. Eso es lo que deseo para ti, para todos vosotros –dijo RW, desviando la mirada a Matt y luego a Chloe–.

Y estoy dispuesto a facilitaros lo que necesitéis para que saquéis el máximo partido a vuestro potencial. Lo único que pido a cambio es que os quedéis aquí en Plunder Cove para comprobarlo por si acaso no estoy por aquí para verlo.

–¿A otro sitio? –repitió Chloe–. ¿Adónde te vas?

–No puedo decirlo, pero es importante que ponga en marcha este proyecto –contestó RW sonriendo–. Tengo planes para cada uno de vosotros. Chloe, mi pequeña, aprovechando tu título en Educación Física, puedes convertirte en la directora deportiva del hotel. Lo harías muy bien. Podrías organizar torneos, competiciones o lo que quisieras.

Chloe abrió la boca y la volvió a cerrar, como si no supiera qué decir. Pero Matt reparó en el brillo de sus ojos. De los tres, Chloe era la única que se sentía a gusto en Plunder Cove. Había que ser ciego para no darse cuenta de lo mucho que disfrutaba de aquel sitio y de sus hermanos. Ciego o cruel. RW también la había apartado de su lado como había hecho con sus hermanos. Eso debía de haberle roto el corazón. Era otra cosa más que Matt nunca perdonaría a RW.

–Espera un momento. ¿Qué estás haciendo ahora, pececillo? –preguntó Matt–. Me refiero a tu carrera, a tu vida.

Debería saber la respuesta. ¿Por qué no había mantenido el contacto? No debería haber castigado al mensajero de las malas noticias acerca de la boda de Julia. Además, sospechaba que su madre había obligado a Chloe a escribir la carta con la que había hecho saltar en añicos su vida.

–Eh, no te lo vas a creer, pero yo también empiezo a ser conocida. En Hollywood.

–Sí, lo sé, señorita Yogui de las estrellas –dijo Jeff rodeándola por los hombros.

–¿Has oído hablar de mí?

–¿Y quién no? Mi productor no para de pedirme que te lo presente. Está dándole vueltas a la idea de hacer un programa contigo. Antes de que te vayas, te daré su tarjeta.

–¿Qué es Yogui? –preguntó Matt, arqueando una ceja.

–¿No has oído hablar de yoga? Tías buenas haciendo estiramientos, poses… Deberías bajar de las nubes.

–Es más que eso –dijo Chloe golpeando a Jeff en el brazo–. Prueba una de mis clases y descubrirás músculos que no sabías que tuvieras.

–Sé dónde están mis músculos –replicó Jeff frotándose el brazo.

Matt se encogió de hombros.

–Ahí tienes la respuesta, papá. Sin que te hayas dado cuenta, tus tres hijos han crecido. Ya sabes que yo voy a poner en marcha una línea aérea en Asia porque vas a contribuir con un avión. No pienso quedarme para… ¿para qué? ¿Para llevar a tus clientes multimillonarios?

–Es el sueño que tenías de niño, ¿verdad? ¿Pilotar aviones y disponer de tu tiempo como quieras para montar en moto y nadar en el mar? Tómate el fin de semana para pensarlo. Pensadlo los tres.

–Yo… eh… no necesito el fin de semana. Odio la superficialidad de Hollywood. Es imposible establecer una amistad sincera allí. En los últimos diez años he deseado que pudiéramos volver a ser una familia de verdad –dijo Chloe y, poniéndose de puntillas, besó en la mejilla a Jeff y luego a Matt–. Yo digo que sí –añadió y lanzó un beso hacia RW–. Gracias, papá, cuenta conmigo.

–Me quedaré hasta el lunes, pero luego tengo que volver a Nueva York. No pienso dejar mi programa, pero puedo presentarte a los mejores profesionales para reformar y gestionar el hotel.

–Piénsatelo un par de días. Quizá te des cuenta de que es una buena oportunidad para ti y para toda la familia.

Matt entornó los ojos. ¿Qué pretendía RW? Fuera lo que fuese, no estaba dispuesto a dejarse controlar por su padre.

–Me quedaré el fin de semana. Tiene que haber algo que pueda hacer para pasar el rato –dijo Matt.

Tuvo que contenerse para no sonreír de oreja a oreja. Sabía muy bien lo que iba a hacer. Ya tenía planes para los dos días siguientes. Julia le había confesado sus deseos. Le había prometido procurarle cuatro orgasmos a la hora y estaba deseando empezar.

Capítulo Nueve

Julia se despertó, se duchó, se puso una falda y una camiseta rosa, recogió la encimera de la cocina y preparó un pastel de champiñones que metió en el horno. Y todo, antes de que saliera el sol.

¿Frustración sexual, nervios, pánico? Sí, sí y sí. Matt iba a ir a desayunar. Su Matt. ¿Cómo había sobrevivido? ¿Por qué no la había llamado ni escrito?

«No, no pienses, tan solo disfruta mientras dure».

Matt estaba en Plunder Cove más vivo y guapo que nunca, e iba a ser suyo el fin de semana.

El corazón se le aceleró solo de pensar en los besos y el baile de la noche anterior. Otra vez se estaba acalorando. Mojó un trapo limpio y se lo llevó a la frente.

Henry apareció en pijama.

–¿Mamá? –dijo frotándose los ojos–. ¿Qué estás haciendo? ¿Tienes fiebre?

«Sí, claro que tengo fiebre, de la clase que solo Matt Harper puede causar».

–Estoy limpiando. Tenemos un invitado a desayunar.

–¿Quién?

–El piloto. Su nombre es Matt.

–¡Genial! Es guay.

Julia sonrió.

–Sí.

Matt siempre había sido el tipo más guay que había conocido. La había impresionado desde el mismo día en que se habían conocido, ella con doce años y él con trece. Estaba con unas amigas en la cafetería de Juanita tomando un helado, cuando un chico moreno había aparecido montando en bicicleta. Había vuelto a pasar por delante, dando saltos sobre una rueda.

—Qué engreído —había murmurado una de sus amigas—. Ese chico va buscando problemas.

—¿Quién es?

—Un chico que viene a limpiar para Juanita. Se comporta como si el sitio fuera suyo.

—Lo cierto es que es el dueño —había dicho la otra amiga—. Es Matt Harper, el hijo de RW.

—¿De verdad?

La voz de la niña había sonado diferente, como si estuviera contemplando a un príncipe.

Matt volvió a pasar por delante, con las manos detrás de la cabeza y la mirada puesta en Julia.

—Oh, la, la. Creo que le gustas, Julia. Será mejor que te limpies el helado de la cara. Viene para acá.

Mientras se frotaba las mejillas, Matt había hecho derrapar la bicicleta delante de ella. Tenía los ojos azules y una sonrisa que hacía que le bailara el estómago.

—¿Quieres montar?

—¿Yo?

—Sí, tú, preciosa.

Le había sonreído y las rodillas se le habían doblado.

—Tía Nona te va a matar —le había dicho una de sus amigas.

–Venga, iré despacio.

–No sé montar en bicicleta.

–No importa, yo sí –le había dicho, ofreciéndole la mano.

Nunca antes le había dado la mano a un chico. Se la había tomado y se había subido a la bicicleta.

–Sube los pies y relájate.

Se había puesto de pie y había empezado a pedalear.

Nunca antes había confiado en un desconocido. Pero había algo en Matt Harper que la invitaba a hacerlo. Como sus padres no la habían querido, dudaba de que alguien más pudiera hacerlo. Hasta que el chico más guapo de Plunder Cove la había elegido para darle de paseo.

La llevó a la playa y estuvieron andando. Había sido el día más maravilloso de su vida, al que habían seguido otros en los siguientes cuatro años. Le había entregado su corazón nada más sentarse en el sillín de la bicicleta. Aunque eran tan solo unos críos, por primera vez Julia había sabido lo que era el amor.

Le había dado todo a Matt Harper. Nunca más volvería a cometer ese error. Todo su amor estaba puesto en Henry, el hijo que Matt no sabía que tenía y que nunca había querido tener.

Más de una vez le había dicho que nunca acabaría como RW porque no iba a ser padre.

Pero ahora que era padre, ¿debería decírselo? ¿La odiaría por ello? ¿Se quedaría?

Sacudió la cabeza. Enamorarse era un sueño que ya no tenía cabida en su vida. Disfrutaría de un último fin de semana con Matt y luego le dejaría ir.

Se sobresaltó al oír unos golpes en la puerta.

—¡Ya está aquí! —anunció Henry.

—¿Por qué no te cambias de ropa antes de que entre?

Henry salió corriendo a su habitación y ella fue a abrirle la puerta. Allí estaba Matt, con un ramo de flores silvestres en la mano, con el mismo aspecto que el muchacho de sus sueños.

—Hola, preciosa.

—Hola —contestó sin aliento.

Bajó la mirada desde sus intensos ojos azules hasta sus labios. Llevaba una cadena al cuello y se veía un bulto bajo su camiseta. Todavía llevaba las placas de identificación. La camiseta negra era más estrecha que la camisa de pirata de la noche anterior y resaltaba sus hombros anchos y sus brazos musculosos.

Permaneció inmóvil mientras ella lo contemplaba. Su mirada hambrienta siguió bajando por sus pectorales y sus abdominales hasta… Vaya, ya estaba excitado.

No era el único.

Volvió la cabeza para asegurarse de que Henry no estuviera detrás de ella y tiró de la camiseta de Matt. Sus labios se encontraron con los suyos. Su cuerpo, fuerte y duro, se estrelló contra ella y fueron a dar contra la pared con un golpe seco que confió que Henry no hubiera oído. Si entraba y la pillaba besándose con un hombre en la cocina, sería incómodo. Como todavía oía a su hijo revolver en los cajones, hundió los dedos en el pelo de Matt y lo besó con toda su alma.

—Mamá, ¿está limpia mi camiseta de Pokémon?

—Lo dudo —contestó, apartándose de Matt—. Te la has puesto tres días seguidos. Ponte otra —dijo y le hizo una seña a Matt para que entrara.

—Me gustan tus besos de buenos días. Por cierto, te he traído flores —añadió, teniéndole el ramo aplastado.

Julia apretó los labios, pero no pudo contener una sonrisa.

—Lo siento, es que estoy un poco… emocionada por nuestro fin de semana.

—Yo también —dijo deslizando los nudillos por su cuello y escote.

Aquella sensación ardiente iba a matarla.

—Delante de Henry no —susurró, más para ella que para él.

—No quiero ser un problema entre tú y tu hijo. No te preocupes, si hace falta, contaré desde mil para atrás. ¿Tienes café hecho?

—Sí, ya me he tomado tres tazas.

—¿Tres? ¿A qué hora te has levantado?

—A las dos y media. No podía dormirme.

—Debería haber venido antes —dijo masajeándole los hombros.

Tal vez se había dado cuenta de lo tensa que estaba. Julia le acarició el ojo morado.

—Lo siento. María me ha contado lo que pasó. Es muy protectora conmigo. ¿Te duele?

—Esto no es nada. Me las he visto peores.

Julia recordaba haberle visto lleno de cardenales.

—¡Hola! —dijo Henry al aparecer en la cocina.

—¡Henry! —exclamó su madre al verlo con el torso desnudo.

–No he encontrado nada que ponerme –alegó, encogiéndose de hombros.

–No tengo inconveniente en ver un par de buenos bíceps –terció y le tendió la mano, que Henry chocó con fuerza–. ¿Ves? Mira qué fuerza. Casi me saca el brazo de su sitio.

Henry rio mientras su madre servía un vaso de leche para él y una taza de café para Matt.

–Si hubieras estado más fuerte, habrías podido impedir que te dieran ese golpe. Por cierto, ¿qué le ha pasado al ramo?

–Tenía que haber elegido flores más robustas.

–No necesito flores, Matt.

–Lo sé, pero quería tener un detalle contigo.

Los ojos de Julia se humedecieron.

–Ya lo has tenido. Estás aquí.

Henry miró alternativamente a los dos adultos, mientras daba cuenta de su vaso de leche.

–¿De qué conoces a mamá?

Julia se mordió el labio, sin saber si contarle la verdad o cambiar de tema. Matt intervino.

–Tu madre es una amiga muy querida.

Henry empezó a agitar la mano delante de la nariz.

–Huele mal, muy mal.

Matt rio y le revolvió el pelo al niño.

–¡Oh, no! –exclamó Julia, poniéndose de pie de un salto–. El pastel.

–Cuidado, cariño.

Matt la hizo apartarse y tomó el extintor de la pared. Luego abrió la puerta del horno y roció el interior. El pastel de champiñones acabó convertido en una masa oscura cubierta de espuma blanca.

–¡Oh, no! –se lamentó Julia–. Era el desayuno.

Henry la abrazó por la cintura.

–No pasa nada, mamá. No me gusta ese pastel. Odio los champiñones.

–¿Cómo? Pues yo creía que sí.

–Es solo que no quería que te pusieras triste.

–A mí tampoco me gustan demasiado los champiñones –intervino Matt haciendo una mueca de asco–. Aunque estoy seguro de que me hubiera encantado el de tu madre, pero lo he llenado de espuma. Así que voy a tener que invitaros a desayunar –dijo sacando el móvil–. Dadme un segundo para que llame a Alfred y traiga un batimóvil.

–¿Conoces a Batman? –preguntó Henry–. Pensé que no existía, que era un personaje como Bob Esponja.

–Hoy vas a ser Robin –susurró Matt, inclinándose para hablarle al oído.

–¡Genial! –exclamó Henry, lanzando el puño al aire–. Voy a ponerme la camisa verde, si la encuentro –añadió y salió corriendo a su habitación.

–Qué tengas suerte. Si recogieras tu habitación de vez en cuando. Lo siento –dijo Julia volviéndose hacia Matt, y apoyó la cabeza en su hombro–. Había pensado preparar ese pastel porque creía que le gustaba.

Matt la rodeó con sus brazos y la estrechó contra su pecho.

–No tienes que cocinar para mí. Deja que cuide de ti. Este Henry...

Julia contuvo la respiración a la espera de lo que iba a decir.

–... es genial. Me encanta ese chico.

73

—¿De veras? —preguntó llevándose una mano al pecho.

Él la besó en la frente.

—¿Cómo no hacerlo? Es como su madre.

El corazón se le derritió. Mejor esperar y elegir bien el momento. Siempre le había dicho que no quería tener hijos después de la mala relación que había tenido con su padre.

Matt llamó al conductor mientras ella iba a ventilar la cocina. Se puso de puntillas e intentó abrir la pequeña ventana que había encima de los fogones. Pero no llegó. Volvió a intentarlo y entonces se sorprendió al sentir su mano en el trasero.

—¿Necesitas que te levante?

—Bueno.

Dejó la mano donde la tenía, acariciándole las nalgas, mientras alargaba la otra para abrir la ventana. Julia seguía de puntillas cuando él deslizó una mano por el interior de su muslo. Lentamente, le subió la falda.

—Matt —susurró.

«Henry podría volver en cualquier momen…».

Su pensamiento se interrumpió al sentir que le metía la mano por debajo de las bragas y no pudo evitar tambalearse. Luego la tomó con la otra mano por la cintura, sujetándola contra él.

—Te tengo —le susurró al oído, haciéndola estremecer—. No te muevas.

Cuando empezó a acariciarla con el pulgar, un escalofrío la recorrió. No podía estarse quieta y arqueó la espalda contra él. La respiración se le aceleró. Se aferró a la encimera y empezó a agitarse.

—Así, muy bien, búscame, Julia. Déjate llevar.

Ella echó la cabeza hacia atrás y la apoyó en su pecho. Matt le hizo volver la cabeza hacia él. Luego tomó su boca y le metió la lengua dentro, sin dejar de acariciarla. Una oleada de sensaciones la invadió. Cuando el orgasmo la asaltó, jadeó en su boca.

Sacó la mano de debajo de sus bragas y siguió sujetándola.

¿Qué acababa de pasar? Nunca antes se había corrido tan rápido ni había sentido nada parecido. No se había quitado la ropa y él tampoco, y aun así...

—Ha sido increíble –dijo con una voz que apenas pudo reconocer.

—Pero no cuenta –dijo Matt.

—¿Qué?

—No es uno de los cuatro que te había prometido. Necesitaba tocarte, eso es todo. Considéralo el calentamiento.

Henry apareció en la cocina con su camiseta verde.

—¡La encontré! ¿Parezco Robin?

Matt tomó a Henry por el hombro.

—Eres el mejor Chico Maravilla que he visto. Alfred nos ha traído el batimóvil.

Henry se afanó en asomarse por la ventana.

—Vaya. ¿Qué coche es ese?

Matt también se asomó.

—Ese, querido Robin, es un Aston Martin. No es el coche más caro que tiene el señor Harper, pero tampoco el más barato. ¿Quieres sentarte delante?

—¿Puedo? –preguntó mirando a Matt y luego a su madre.

—Claro, ¿por qué no? –contestó Julia.

Henry salió por la puerta antes de que cambiara de opinión.

–¿Estás bien? –preguntó Matt.

Ella le sostuvo la mirada.

–Mejor que bien, Matt, ha sido…

No tenía palabras para describir cómo se sentía. Además, se derretía al ver a Henry con él.

–Puedo hacerlo mejor, te lo prometo.

–Te lo recordaré –replicó arqueando una ceja.

Matt aceptó el reto mientras seguían a Henry fuera.

Julia inclinó la cabeza en señal de agradecimiento al chófer, que le sujetaba la puerta.

–Señor, ¿adónde quiere ir?

–A la cafetería de Juanita. Tiene los mejores huevos con jamón del mundo –contestó Matt–. Además, estoy deseando verla.

–¿A la cafetería de Juanita? Podíamos haber ido andando –dijo Julia.

–Sí, pero entonces Robin no habría ido de copiloto ni yo podría besuquearte el cuello en el asiento de atrás –le susurró al oído y entrelazó los dedos a los suyos.

Julia miró a Henry. El niño estaba entusiasmado con la tecnología del coche y no paraba de hacer preguntas al chófer.

–Relájate –le dijo Matt.

Ella recostó la cabeza en su hombro y cerró los ojos. Olía muy bien y estaba disfrutando teniéndolo a su lado.

Fue el mejor trayecto de dos minutos de su vida.

Capítulo Diez

El chófer los dejó en la cafetería de Juanita. Dos viejos que estaban sentados fuera se quedaron mirando el coche.

–¿Quiere que espere, señor Harper? –preguntó Alfred.

–Volveremos andando, gracias.

Alfred encendió el motor.

–Es un buen chico –dijo refiriéndose a Henry–. Su madre ha hecho un buen trabajo.

Matt se tomó unos segundos para contemplar a Julia y a su hijo caminando por la acera. A Henry apenas le quedaban un par de años para superar a su madre en altura. Cuánto le gustaría formar parte de aquella estampa.

¿A qué venía ese pensamiento? No estaba allí para formar una familia con Julia. Aquel era un fin de semana de despedida, nada más. Aun así, sacó el móvil y les hizo una foto antes de unirse a ellos. Hacía una mañana cálida de verano, con una ligera brisa marina, y decidieron sentarse fuera.

–¿Puedo hacer una foto de los tres? –preguntó mirando a Julia a los ojos.

Ella emitió un sonido extraño, que trató de disimular tosiendo. Luego, bebió agua.

–¿Estás bien?

–Sí. Adelante, haz la foto.

–Muy bien, acercaos.

Matt estiró el brazo por encima de la cabeza del niño e hizo una foto.

–Acabo de hacer una tanda de churros –anunció Juanita presentándose con una bandeja que dejó sobre la mesa.

–Se me hace la boca agua –dijo Matt sonriendo mientras se ponía de pie–. Cuánto me alegro de verte, aunque más me alegro de ver tus churros.

Le gustaba bromear con Juanita. Era la única persona del mundo, además de Julia, con la que podía comportarse con total naturalidad.

–¿De veras? –preguntó Juanita–. En ese caso, para ti no hay. Toma, Henry, todos estos churros son para ti –dijo empujando la bandeja hacia el niño.

–Vaya, era solo una broma.

Matt la levantó del suelo y dio un par de vueltas antes de besarla en las mejillas y soltarla. Juanita tomó su rostro entre las manos, con los ojos llenos de lágrimas.

–¿Por qué no has venido antes?

–Pasaron algunas cosas –contestó, y su mirada se cruzó con la de Julia.

–Me alegro de verte por aquí, Matt Harper. Tienes buen aspecto. ¿Te vas pronto? –preguntó Juanita mirándolo fijamente.

–En unos días. Tengo que volver al trabajo.

–Vaya, qué pena. Yo diría que estás donde debes.

Había visto a Matt enamorarse de Julia. Más de una vez, Matt se había escapado de casa para encontrarse con Julia allí, en aquella misma mesa. O en la trastienda, donde podía besarla sin que nadie los viera. Pero Juanita los había visto y había guardado el secreto. Siempre le estaría agradecido por ello.

–Conocí a este caballero cuando tenía tu edad –dijo Juanita volviéndose a Henry–. Trabajaba para mí y se comía todos los caramelos.

–¿Los blancos? Esos son los que más me gustan.

–¿Ah, sí? Pues si te comes todo el desayuno, te daré unos cuantos para que te los lleves a casa.

–¡Genial! –exclamó y lanzó el puño al aire.

–¡Genial! –repitió Matt.

Ambos rieron y Matt levantó la mano a la vez que lo hacía Henry y chocaron los cinco por encima de la mesa.

Julia se quedó con la boca abierta.

–Dios mío –murmuró Juanita–. Es como estar mirando a través de un espejo en el tiempo.

–Enseguida vuelvo –anunció Julia, y se puso bruscamente de pie, provocando un estrepitoso ruido en la terraza.

Entró apresuradamente en la cafetería y se dirigió a los aseos.

Julia se sonó la nariz y se lavó la cara.

«Tienes que tranquilizarte», se dijo.

Pero las lágrimas seguían cayendo.

Alguien llamó a la puerta.

–¿Julia? Soy yo. ¿Puedo pasar?

Sollozando, abrió el pestillo y dejó que Juanita entrara.

–Oh, cariño. Tiene que ser muy difícil para ti volver a ver a Matt después de todos estos años.

Juanita la abrazó y Julia siguió llorando en su hombro.

—No es eso. Estoy feliz, de verdad. Me emociona verlos juntos.

Juanita la miró a la cara. Tenía un don para percibir los sentimientos más profundos de otras personas.

—No le has dicho que Henry es su hijo.

Julia no pudo contestar. Las lágrimas le corrían por las mejillas y sacudió la cabeza. Juanita tomó una toalla de papel y la humedeció. Luego, le limpió las lágrimas.

—¿Por qué no? Ese chico está enamorado de ti desde el primer día que te vio. Sigue teniendo la misma expresión.

Juanita siempre había sido muy atenta. Julia estaba muy agradecida por su apoyo. Necesitaba hablar con alguien de su situación, preferiblemente que no fuera un familiar cercano.

—Se va a marchar, Juanita. En cuanto pase el fin de semana, se irá. Va a iniciar la vida que siempre quiso al otro lado del mundo. No puedo impedírselo.

—Si no le cuentas la verdad, no le darás la opción de tomar la decisión correcta para él, para todos vosotros.

—¿Cuál es la decisión correcta? —preguntó Julia, y suspiró—. Me alegré tanto cuando me quedé embarazada. Una parte de Matt crecía dentro de mí cuando creí que lo había perdido. Ese niño me salvó, me dio una razón para vivir. No tuve que plantearme cómo reaccionaría Matt ante el hecho de ser padre. Pero ahora sí.

–¿No crees que se alegrará? Henry es un buen chico.

–No es perfecto, aunque eso tampoco importa –dijo, sintiendo un nudo de angustia en la garganta–. En una ocasión, después de discutir con su padre, Matt me dijo que nunca tendría hijos porque no quería acabar siendo como él. ¿Qué voy a decirle? ¡Sorpresa, tienes un hijo! ¿Cómo puedo hacerle eso?

–Tal vez se alegre –dijo Juanita–. Los hombres maduran y cambian de opinión.

–O tal vez se enfade y se sienta acorralado. Lleva soñando con ser piloto desde los cinco años y Henry y yo no formamos parte de ese sueño. Tengo miedo. ¿Y si le digo que tiene un hijo y se siente obligado a quedarse? Perderá su sueño y su futuro, y con el tiempo acabará odiándonos a Henry y a mí. No me parece justo para él ni para el niño.

–Si Matt fuera un cobarde, apoyaría tu decisión. Pero estamos hablando de Matt. Deberías darle una oportunidad. Él nunca ha sido como RW.

–Este fin de semana voy a pasar todo el tiempo que pueda con él y luego dejaré que siga su camino. Si se queda es porque me quiere y siente algo por mi hijo. Si se va… –dijo y respiró hondo–, dejaré que se vaya. Por favor, no le cuentes nada de Henry.

–¿Estás segura? –preguntó Juanita mirándola a los ojos.

«No estoy segura de nada».

–Sí, así es como tiene que ser.

***

Ana, la camarera, llegó cargada de platos.

–¿Tortitas con jamón?

–¡Para mí! –exclamó Henry entusiasmado.

–¿Tacos de machaca?

–Para mi chica –contestó Matt, señalando a Julia–. Sin tomate, con tortillas de maíz y acompañados de guacamole.

Julia sonrió.

–Te acuerdas.

–Por supuesto. Me acuerdo perfectamente de todo lo que te gusta –replicó y arqueó una ceja.

Julia volvió a sentir un cosquilleo en su interior. Otra vez.

La camarera colocó delante de Matt el último plato.

–¿Has pedido lengua? –preguntó Julia sorprendida–. ¿Desde cuándo te gusta?

–Quería pedir algo diferente –respondió y cortó un trozo que ofreció a Henry–. Toma, pruébalo tú primero.

–¿Lengua de vaca? ¡Ni hablar! Qué asco.

Matt rompió a reír. Aquel sonido era música para sus oídos. Henry rio también y aquello fue una sinfonía para su alma. Por primera vez en una década, tenía un atisbo de felicidad. Pero a la vez estaba asustada. No sabía si le daba miedo porque aquello fuera algo pasajero o porque era lo que deseaba desesperadamente.

–Pruébalo.

Aquel plato no era precisamente su favorito, pero abrió la boca y aceptó el bocado. Lo masticó lentamente sin dejar de mirarlo a los ojos. Luego, tragó y se chupó la comisura de los labios.

–Hmm.

Reconoció el momento en el que su expresión burlona pasó a ser de deseo. Sus pupilas se dilataron y su respiración cambió.

–Está bien, chaval, allá vamos –dijo y se llevó un trozo de carne a la boca–. Bueno, no sabe a pollo. No está mal, pero creo que la próxima vez pediré jamón.

La camarera se acercó para asegurarse de que todo estuviera bien y se quedó a charlar.

–¿Os habéis enterado de lo que pasó en casa de los Harper anoche? Es de lo único que habla todo el mundo. Voy a comprarme un coche nuevo con mi parte del dinero. ¿Y tú?

–No contaría con ese dinero.

–¿Por qué no? –preguntó Ana frunciendo el ceño.

Julia tiró del brazo de Matt.

–¿De qué va todo esto?

–Ya te lo contaré más tarde.

–El señor Harper va a convertir la vieja mansión en un hotel de lujo y va a repartir una parte de los beneficios entre la gente del pueblo. ¡Millones! Eso es lo que dijo. Le he echado el ojo a un Mazda rojo. Estoy deseando que sea mío.

Matt no parecía muy contento.

–Sí, bueno, yo esperaría a cobrar el cheque antes de comprarme un coche.

–¡Millones! –exclamó Henry–. Eso es mucho dinero.

–No va a pasar –dijo Matt.

–Eso no es lo que el señor Harper dijo –protestó Ana, y se cruzó de brazos–. Si no lo sabrá él.

—Exacto. ¿Recuerdas la última vez que Harper dio dinero a alguien, aparte de pagar sueldos?

—Muchas gracias —farfulló la camarera—. Lo mejor que le ha pasado a este pueblo en años y…

Se dio la vuelta y sus palabras se perdieron mientras se alejaba.

Matt se pellizcó el puente de la nariz.

—¿Qué vamos a hacer con nuestra parte del dinero? —preguntó Henry—. ¿Podemos comprar un avión? Quiero ser piloto como papá.

Matt levantó la cabeza.

—¿Tu padre también era piloto?

Julia suspiró. No quería hablar de eso.

—Explícanos lo del dinero.

—A RW Harper solo le preocupa ganar dinero él. Los piratas nunca cambian.

Henry se quedó decepcionado. Matt, que parecía más resignado que enfadado, le puso la mano en el hombro.

—Lo siento, chaval, pero conozco muy bien a ese hombre y sé que nunca ha sido generoso con nadie. Es muy egoísta. Al menos, sabemos que no pretende acabar con los chorlitos. Eso es bueno, ¿verdad?

—Supongo —dijo Henry.

—¿Cómo podemos estar seguros? —preguntó Julia—. Tal vez RW quiera montar un restaurante o un puesto de alquiler de motos acuáticas en la zona donde anidan. ¿Quién sabe? Tenemos que averiguar exactamente qué es lo que está planeando.

—Estoy de acuerdo, cariño. Todo esto huele mal. Primero, expulsa a sus hijos de su reino y no da señales de vida durante años y ahora viene diciendo que va a repartir dinero entre gente que nunca le ha importado. ¿Y todo el mundo se lo cree?

Su voz fue subiendo de volumen y Julia le tocó la rodilla por debajo de la mesa.

–No lo entiendo –continuo y resopló–. ¿Por qué le cree la gente? Ya sabes cómo es.

–Yo no le creo.

Especialmente después de la manera en que había tratado a su hijo. Nunca perdonaría al señor Harper por haber hecho daño a Matt.

–Yo tampoco –dijo Henry apoyando los codos en la mesa.

Matt asintió.

–De acuerdo. Vamos a buscar la manera de que nadie salga perjudicado.

–Como los verdaderos guerreros contra el crimen –dijo Henry.

Matt chocó los cinco con él.

–Sí, señor, un equipo –dijo y tomó la mano de Julia para unirla a la de ellos–. Nosotros tres.

Tuvo que contenerse para evitar que le temblara el labio. Cuánto le gustaría que los tres formaran una familia.

Al salir de la cafetería, un coche se detuvo al lado de ellos y una mujer se asomó por la ventanilla.

Julia la saludó con la mano.

–Hola, Linda.

Henry se acercó a la parte trasera del coche y se puso a hablar con sus primos.

–He llevado tu vestido rojo a la tintorería. Te lo podrás poner esta noche.

–¿Esta noche? –preguntó Julia.

–Sí. Mi madre quiere conocer mejor a tu chico. Venid a cenar a mi casa esta noche.

–Iremos encantados, gracias –dijo Matt y la rodeó con su brazo.

–¿No teníamos otros planes? –preguntó Julia, mirándolo.

–Sí, así es. Planes antes y después de cenar.

–Mamá, ¿puedo ir a casa de Linda a montar en bicicleta? –preguntó Henry.

–Si a Linda le parece bien…

–No hay problema. Me ocuparé de él mientras vosotros… os preparáis para la cena.

Julia sintió que le ardía la cara.

–Gracias, Linda. Iremos a eso de las seis.

–¡Hasta luego! –dijo Linda y le guiñó un ojo–. Métete en el coche, Henry.

–Adiós, mamá.

–Pórtate bien.

Mientras el coche se alejaba, Matt la atrajo hacia él.

–Ahora te tengo para mí solo.

La besó en medio de la acera, a plena luz del día, como si fuera la cosa más natural. Nunca hubiera adivinado que un corazón hecho añicos pudiera latir con tanta fuerza.

Capítulo Once

Pararon en su casa y recogieron unas cuantas cosas.

–No te olvides del bañador –dijo Matt–. Me estoy alojando en el pabellón de la piscina. Es lo más lejos que puedo estar de RW sin salir de su casa.

Ella sonrió.

–¿Desde cuándo nos hacen falta bañadores?

–Si por mí fuera, estaríamos desnudos todo el tiempo. Pero mis hermanos también han venido y puede que estén en la piscina. Será mejor que nos comportemos, al menos mientras estemos acompañados. Cuando estemos solos –dijo y le besó la nuca–, será otra historia.

Se pusieron los cascos, Julia se abrazó a su espalda y volvieron en la moto de Matt a Casa Larga.

Una vez llegaron, fueron directamente a la cocina.

–Vamos a necesitar fuerzas.

El personal de la cocina parecía estar encantado de que Matt estuviera en casa y enseguida prepararon una bandeja llena de fruta, frutos secos, panecillos y jamón.

–Y también hidratación –comentó al tomar un par de botellas de agua mineral.

Ella se sonrojó pensando en lo extenuante que iba a ser la actividad previa a la cena.

Luego recorrieron los jardines hasta llegar a la piscina. Había alguien nadando, con gran estilo y precisión.

–Pececillo está practicando. Seguro que ya me gana en los cincuenta metros –dijo y se acuclilló junto al agua–. ¡Chloe! –la llamó.

La figura se dirigió hacia el borde de la piscina, donde estaban Matt y Julia. Al quitarse las gafas, unos grandes ojos azules quedaron al descubierto.

–¡Julia! –exclamó Chloe–. Qué alegría volver a verte. Siento no haberte saludado en la fiesta de anoche. Mi hermano te mantuvo ocupada.

–Yo también me alegro de verte. ¿Qué tal está el agua? –dijo cambiando de tema.

–Venga, meteos. Está muy buena.

–Iré a ponerme el bañador.

Matt le señaló hacia el pabellón de la piscina, mientras llevaba la bandeja hasta una mesa que estaba en la sombra.

–En el baño hay toallas y crema solar.

Julia entró en el pabellón, tres veces más amplio que su casa. Tenía cocina, una enorme pantalla de televisión, un minibar y una mesa de billar. Era difícil entender que aquel chico que disfrutaba barriendo la tienda de Juanita, arreglando bicicletas y relacionándose con la gente del pueblo tuviera aquella casa.

Al pasar por el dormitorio en dirección al cuarto de baño se detuvo y se llevó la mano al pecho. Allí, en la mesilla de noche, estaba la foto de ambos en el mismo marco de plata que le había regalado por Navidad años antes. En ella había escrito una dedicatoria: *Con cariño, tu Julia.*

Si tenía aquella foto junto a su cama, tenía que significar algo. Pero no quería hacerse ilusiones. Matt no iba a elegirla a ella, no cuando su carrera le esperaba. Tenía que ser realista y prepararse para lo peor. La caída podía ser muy dura y esta vez tal vez no se recuperara nunca. Sabiendo que Matt estaba vivo, pero que había elegido dejarla… ¿cómo iba a poder pasar página? Obligó a sus pies a echar a andar y se fue al baño para cambiarse.

Matt se puso el bañador en la ducha de la piscina.

—Se os ve tan felices como siempre —comentó Chloe, que se había metido en el jacuzzi.

—Sí.

Se metió también en el jacuzzi. El agua sobrepasó el borde y cayó a la piscina.

—Vaya, percibo una nota amarga en tu voz. ¿Qué está pasando?

—Está enamorada de otro —contestó, volviendo el rostro hacia el sol.

—¿De quién?

—De su difunto marido. ¿Te acuerdas? Me lo contaste en una carta cuando estaba en el campo de entrenamiento.

—Vaya, no sabes lo difícil que fue escribir aquella carta. Mamá me obligó. Dijo que tenías que saberlo y que, a la larga, te vendría bien.

—Me dejó hecho polvo.

—Cuánto lo siento —dijo Chloe con los ojos llenos de lágrimas.

Como siempre, trató de ignorar el dolor.

—No fue culpa tuya.

—¿Así que su marido murió?

—Sí, era piloto. ¿Puedes creerlo? ¿Cuál es la probabilidad de que ambos estuviéramos en Afganistán y solo uno sobreviviera? Tiene un hijo. Es un chico estupendo.

—No tenía ni idea. ¿Qué vas a hacer?

—Disfrutar del fin de semana con ella. Luego marcharme mientras pueda.

—¿Marcharte? ¿Por qué no te quedas y le recuerdas lo bien que estabais juntos?

Matt sintió un nudo en la garganta.

—La perdí hace tiempo. No puedo quedarme aquí con una mujer que no me ama…

La puerta corredera se abrió y Julia salió.

—Ya seguiremos luego –advirtió a Chloe.

Cuando su hermana sonreía de aquella manera, sabía que no se daría por vencida.

—Déjame ayudarte –susurró Chloe.

No, no necesitaba ayuda. Necesitaba encontrar una vía rápida para salir del pueblo. Ese era su pensamiento cuando Julia dejó caer la toalla y se quedó sin respiración.

—Hola, preciosa.

Sus largas piernas, sus caderas y sus muslos estaban perfectamente proporcionados. Su vientre era un poco más redondeado de lo que recordaba y sus curvas más acentuadas.

Julia se metió en el agua caliente.

—En cuanto recupere temperatura os dejaré el jacuzzi para vosotros solos. No quiero hacer de carabina –dijo Chloe.

—No, si no…

Matt estaba ocupado devorando a Julia con la mirada.

Chloe rio.

—Sí, ya lo veo. Me voy.

—Espera. ¿Nos haces una foto?

Matt se secó las manos en la toalla y le entregó a su hermana el móvil.

—Claro. Es bonito tener recuerdos.

Matt rodeó a Julia con su brazo, atrayéndola hacia él. Julia le dio un beso en la mejilla y Chloe sonrió antes de volver a la casa. Se quedaron abrazados. De sus cuerpos emanaba vapor.

—¿Estás lista para otro calentamiento?

—¿Otro?

—Tenemos que practicar un poco antes de intentar llegar a cuatro en una hora. No podemos precipitarnos.

Antes de poder decir nada, Matt unió los labios a los de ella y la arrastró hacia abajo.

Nunca antes la habían besado debajo del agua. Con los labios unidos a los de Matt, ¿quién necesitaba respirar? Tiró de ella hacia arriba y deslizó las manos por sus hombros y su espalda. El agua resbaló por su piel. Luego la tomó por el trasero y la atrajo hacia él para que sintiera lo excitado que estaba.

—Te deseo, Julia —dijo mordisqueándole la oreja—. Volvamos al pabellón. Quiero besar y acariciar cada centímetro de tu cuerpo. Quiero descubrir qué es lo que te gusta.

—¿Y cuándo podré hacer lo mismo?

—Cariño, soy todo tuyo —dijo acariciándole la clavícula—. Puedes hacer conmigo lo que quieras.

Julia se pasó la lengua por los labios.

—¿A qué demonios estamos esperando?

—Me gusta tu manera de pensar.

La ayudó a salir del jacuzzi, tomó una toalla y la secó lentamente. El algodón olía bien y proporcionaba una sensación cálida. Cuando llegó a la parte inferior del bañador, Julia jadeó.

—¿Te gusta?

—Matt Harper, llévame a la cama antes de que me eche sobre ti y te tome aquí mismo.

—Me gustaría verlo.

De camino al pabellón, Matt tomó la bandeja de comida y las dos botellas de agua.

—Ten una uva —dijo metiéndosela en la boca—. Te dará energía para lo que viene a continuación.

—Muchas promesas, Harper. Enséñame lo que es bueno.

—Claro que voy a enseñártelo —murmuró y le dio un suave azote en las nalgas—. Prepárate, porque no he podido pensar en otra cosa desde anoche.

Julia se alegró de saber que no había sido la única.

Matt dejó la bandeja en la mesilla de noche, al lado de la fotografía enmarcada.

—Me sorprende que sigas conservando esa foto.

Él se sentó al borde de la cama y le indicó que se sentara a su lado.

—¿Por qué?

—De eso hace mucho tiempo —contestó Julia sentándose.

—A veces tengo la sensación de que es del verano pasado. Claro que el verano pasado estaba en una misión en Oriente Medio.

Deslizó un dedo por su hombro y se inclinó hacia ella. Olía a una mezcla de cloro y perfume. Siguió dibujando círculos en su piel desnuda, metiéndose por debajo del tirante del bañador.

–Por entonces, me despertaba y me quedaba mirando la foto, preguntándome cómo había tenido tanta suerte. No podía creer que fueras mi Julia y menos aún que me quisieras. Hay algo que nunca te he dicho –dijo mirándola a los ojos–. Si lo hubiera hecho, las cosas habrían cambiado.

–¿De qué se trata?

–Fuiste la primera persona que me lo dijiste. Y también la última.

Trató de sonreír, pero fue incapaz.

Julia tragó saliva.

–¿Tus padres nunca te dijeron que te querían? ¿Y tampoco ninguna mujer?

¿Cómo era posible que ella fuera la única persona que le había dicho que le quería?

Matt se encogió de hombros, como si así pudiera sacudirse de encima su compasión.

–Tú me enseñaste lo que es el amor, Julia. Antes de eso, lo único que conocía eran las discusiones de mis padres. Nunca se quisieron. Eran demasiado cabezotas para intentarlo. Sus hijos aprendimos cómo una relación puede ser tóxica y mala. Destrozaron la familia.

De adolescente, nunca había hablado del infierno en el que vivía. RW era implacable y su madre era una mujer fría, distante y dominante a la que no le gustaba relacionarse con extranjeros.

Juanita le había contado cosas y tía Nona se las había confirmado. Matt nunca había sabido cómo compartir sus sentimientos y, al parecer, seguía sin saberlo.

–Toma, come –dijo Matt, dándole un panecillo con queso.

–Tu padre siempre fue muy estricto contigo. Recuerdo que veía los moratones y no decía nada. Ahora que somos mayores, me doy cuenta de que aquello no estuvo bien. Debería de haber avisado a la policía.

–No hubiera servido de nada. Al fin y al cabo, él pagaba sus sueldos.

–Podría haber acudido a las autoridades de fuera de Plunder Cove. Alguien como…

–Éramos adolescentes, ¿quién nos habría creído? En serio, no fue tan horrible. Aprendí a arreglármelas –afirmó, rodeándola con su brazo por los hombros, y respiró hondo, como si acabara de tomar una decisión–. Me di por vencido cuando descubrió la manera de controlarme.

Julia tomó unas uvas y las llevó a la boca de Matt.

–¿Qué manera?

–Tenía información –dijo Matt, acariciándole el pelo mojado mientras elegía cuidadosamente las palabras–, información que podía hacer daño a tu familia. Me amenazó con desvelarla.

–¿Qué clase de información?

¿Ese monstruo la había usado para controlar a su propio hijo?

–No lo sé, ¿y tú?

–¿Yo?

Una idea empezó a formarse en su cabeza. ¿Sabía RW algo sobre sus padres? ¿Serían delincuentes, estarían en la cárcel?

–Seguramente fuera alguna mentira –continuó él–, pero no podía arriesgarme. A los Harper se les da bien manipular, supongo que será por su pasado como piratas. Pero mi padre no era tan desalmado como mi madre. Por eso nunca quise tener hijos. ¿Y si me convertía en alguien como ellos?

–No te pareces en nada a ellos.

¿Cómo reaccionaría si supiera que Henry era su hijo? ¿Seguiría adelante con sus planes de abandonar Plunder Cove? ¿Se quedaría?

Una mezcla de confusión, dolor y rabia se fundieron con la sensación ardiente que se estaba formando en sus ojos.

–Mis padres descargaron sus frustraciones en mí. Ahora me doy cuenta, pero entonces, solo me preocupaban dos cosas: evitar que esa información, fuera lo que fuese, afectara a tu familia, y proteger a mis hermanos. Asumí el castigo, aunque no fuera culpa mía. Jeff y Chloe eran muy pequeños y me sentía lo suficientemente fuerte porque te tenía a ti.

Unas lágrimas comenzaron a rodar por las mejillas de Julia y Matt se las secó con sus manos cálidas.

–No tenía ni idea de que las cosas pudieran ser de otra manera, que pudieran existir la ternura y la bondad. No conocía el significado de esas palabras hasta que te conocí. Te estoy muy agradecido, Julia –dijo y la besó en el hombro, provocándole un escalofrío–. Y ahora, vas a ser mía durante todo el fin de semana.

Ella lo besó apasionadamente. Sus cuerpos ardientes y húmedos se acoplaron. Matt se echó sobre la colcha y la hizo colocarse encima. La bandeja de comida salió volando y las uvas y los panecillos quedaron desperdigados sobre la cama. Julia se aferró a él sin dejar de devorar su boca y cuando sus lenguas se encontraron, a punto estuvo de tener un orgasmo.

Luego, deslizó las manos por su pecho desnudo y sus brazos. Estaba deseando acariciar todo su cuerpo.

–Qué grande eres.

–Vaya, gracias –contestó él, sonriendo.

Su miembro se estiró como si se hubiera dirigido a él directamente.

–Me refería a tus músculos –dijo Julia poniendo los ojos en blanco–. Y a tu altura. Has crecido en estos años. Yo sigo estando igual.

–Siento no estar de acuerdo –replicó y tomó uno de sus pechos–. Has crecido en los sitios adecuados –añadió y, deslizando la mano por detrás de su cuello, le desabrochó el bañador–. Deja que te vea.

Estaba desconcertada sentada a horcajadas sobre él mientras la devoraba con la mirada. Trató de comportarse con naturalidad y evitó cubrirse con las sábanas. Su vientre no era tan plano y sus caderas habían ensanchado un poco después del embarazo. También sus pechos habían aumentado.

–Julia, eres preciosa.

Matt se incorporó y tomó en su boca uno de sus pezones. Una oleada de placer la invadió y se arqueó, clavándose contra su erección. Él contuvo la respiración y soltó un jadeo.

–¿Te gusta?

Su lengua dibujó un círculo sobre su pezón. El ambiente fresco y la humedad de su boca hicieron que se le pusiera la piel de gallina. Matt cerró los ojos y la mordió suavemente. Julia se abalanzó sobre él, buscando su miembro erecto.

–Oh, cariño, qué bien.

Lamió su otro pezón y los jadeos se convirtieron en una súplica continua. Toda ella pedía más. Deslizó la mano por debajo del bañador y la penetró con un dedo.

–Matt, te deseo.

–Me tienes, Julia –dijo mientras repartía besos por sus pechos.

El dedo se hundió más en ella, despertando zonas que llevaban años dormidas.

–Eso es… oh, es una sensación maravillosa. Pero quiero verte desnudo y sentirte dentro.

–Tranquila –replicó él riendo–. Lo tengo todo bajo control.

Su dedo entraba y salía a la vez que el pulgar dibujaba pequeños círculos sobre su zona más sensible. Enseguida se dejó llevar y, aferrada a sus hombros, echó la cabeza hacia atrás.

–Eso es, cariño, estás preciosa.

Julia abrió los ojos al sentir que la tomaba por la cintura y le hacía volverse. A continuación la besó, mordisqueando su labio inferior.

–Tu turno.

–No tan rápido. Tenemos tiempo.

No tanto. En día y medio se habría ido.

–Quítate ya el bañador, Matt –le pidió Julia, tratando de soltarle el cordón de la cinturilla.

–Paciencia.

Entonces, empezó a acariciarle el ombligo con la barba y siguió bajando por su vientre. Al llegar a sus caderas, ella se contoneó.

–Ya veo que todavía tienes cosquillas.

–Matt…

Esperaba que le quitara el bañador, sin embargo, siguió besándola por encima del tejido. La sensación de su boca cálida sobre el bañador frío y húmedo la llevó al límite otra vez.

De un tirón, le bajó el bañador hasta las rodillas y le colocó las piernas por encima de su cabeza. Luego, reparó en sus pies pequeños.

–Bonito esmalte rojo.

Julia apoyó los pies en su espalda y Matt se quedó mirando su desnudez como si fuera un cofre lleno de tesoros. Lentamente le hizo separar las piernas y le pasó la lengua por su piel sedosa.

–¿Te gusta?

Ella asintió. Nunca antes había experimentado algo así, y se quedó sin respiración.

Julia se arqueó al sentir que le pasaba la lengua por el clítoris. Una sensación electrizante se expandió desde la base de su columna vertebral. Otra vez estaba muy cerca.

Cuando volvió a lamerla, todo su mundo estalló.

Capítulo Doce

Pura magia.

¿Por qué siempre había tenido tanta prisa de adolescente? Debería haber dedicado tiempo a disfrutar de su cuerpo tierno y cálido. Así, habría podido memorizar la textura de su piel, las sombras de su cuerpo y haber recreado todas aquellas imágenes en su cabeza durante las solitarias noches que había pasado en las Fuerzas Aéreas.

Había sido un idiota. Darle placer era mucho más gratificante que acostarse con ella. Pero de joven no se había dado cuenta. Ver a Julia correrse entre sus brazos era la cosa más bonita que había presenciado en su vida. No podía imaginarse nada más puro.

Quería volver a repetirlo.

Le besó la cadera una vez más, pero no se estremeció. ¿Estaría tan cansada que ya no sentía las cosquillas? Volvió a subir hasta besarla en los labios. Tenía los ojos cerrados, pero los labios estaban curvados en la más dulce de las sonrisas.

—Quiero hacerte una foto —le susurró al oído.

—Ni se te ocurra —replicó ella sin abrir los ojos.

—Matt, ¿estás aquí? ¡Vaya!

Jess se detuvo junto a la puerta antes de que Julia pudiera tirar de las sábanas para cubrirse.

—Este no es un buen momento —farfulló Matt.

–Sí, ya me doy cuenta. Pensaba que estabas solo –dijo cubriéndose los ojos–. Quiero hablar contigo.

–¿No puede esperar?

–Lo cierto es que no –respondió Jeff recostándose en el marco de la puerta–. Tenemos que resolver un asunto antes de que te vayas de Plunder Cove. Me temo que el viejo está perdiendo la cabeza.

Matt dejó escapar un suspiro.

–Está bien. Toma una cerveza de la nevera y saldré en un minuto.

Jeff salió y cerró la puerta.

–Debería matarlo, ¿no?

–No, pero no he podido… besarte como tú me has besado a mí. Ha sido la primera vez que… Me ha gustado mucho lo que me has hecho.

Se había sonrojado. ¿Nadie le había hecho sexo oral?

–Hay mucho más. Apenas estaba empezando.

–¿Más? Pero tú no te has… ya sabes.

Matt la besó en la punta de la nariz.

–Ya tendremos tiempo más tarde. Pero si quieres que le diga a mi hermano que se vaya, se lo diré.

Julia se mordió el labio, indecisa.

–¿Me prometes que luego tendremos más tiempo para nosotros?

–Te lo prometo.

–Entonces, ve a hablar con tu hermano. Quizá sepa qué es lo que tu padre está planeando. Además, supongo que Jeff estará deseando pasar un rato contigo. Hasta luego.

Matt salió del cuarto descalzo y poniéndose su camisa hawaiana favorita y dejó a Julia vistiéndose. En la sala de juegos, Jeff le ofreció una cerveza que había sacado de la nevera.

–Lo siento, hermanito, no tenía ni idea de que Julia estaba aquí.

Matt se sentó en la encimera y abrió su cerveza.

–¿Estáis retomando lo vuestro, eh?

Matt dirigió la vista hacia el dormitorio. La puerta estaba cerrada y Julia seguía dentro vistiéndose.

–Es solo una aventura de fin de semana.

Un nudo se formó en su garganta y le costó tragar la cerveza.

–¿Estás seguro? No me dio esa sensación anoche cuando os vi bailando. Tampoco ahora.

–Tiene su vida hecha aquí. Estudia en la facultad de Derecho y está criando a su hijo. Sus sueños no me incluyen a mí y entre mis planes no figura quedarme aquí.

Jeff se quedó mirándolo.

–Ya.

–¿Qué significa eso?

–Significa que te estás engañando si piensas que no te desea.

No, no se estaba engañando. Julia lo deseaba, pero no de la manera en que le gustaría. Todavía echaba de menos a su marido y sería un estúpido si pensara que sentía algo por él después de tantos años separados. Si cambiaba sus planes, si se quedaba, acabarían hartos el uno del otro hasta odiarse. No, no quería hacerles eso a Julia ni a Henry. No podía quedarse con una mujer que nunca podría ser del todo suya.

–¿Para qué me estabas buscando?

–Ya veo que quieres cambiar de tema –dijo Jeff y tomó un taco de billar–. ¿No te extraña la manera en que se está comportando papá? Convertir la casa familiar en un hotel tendría sentido si no hubiera estado recluido los últimos años. ¿Y repartir los beneficios entre la gente del pueblo? Eso es una locura. Además, ¿qué quiso decir con eso de que no estaría cerca para verlo? Chloe piensa que se está muriendo.

Matt se frotó la barba.

–Estamos hablando de RW. Es demasiado terco para morir.

–¿Qué crees que se trae entre manos? –preguntó Jeff.

–Una estafa. No sé qué puede ser, pero está haciendo lo que siempre ha hecho: usar a la gente para ganar dinero.

–¿Nos está usando?

Matt rio. Al parecer, después de tantos años, su hermano seguía sin darse cuenta de lo manipulador que podía ser su padre.

–Sí, como siempre.

–Hay algo en él diferente –observó Jeff.

–Nos echó de casa. Me vi obligado a ingresar en la academia de las Fuerzas Aéreas y tú acabaste interno en un colegio al otro lado del país. A Chloe la mandó a vivir con esa bruja a la que llamamos mamá. Apuesto a que Chloe fue la que lo pasó peor. A RW no le importamos, nunca le hemos importado. No te dejes engañar.

–¿Y por qué nos ha vuelto a reunir ahora?

–Esa es la pregunta del millón –respondió Matt, y se encogió de hombros.

Jeff se quedó en silencio y dio un trago a su cerveza. Matt volvió a mirar hacia la habitación. Julia seguía sin salir.

–Quiero preguntarte algo –dijo Matt–. ¿Alguna vez habló RW de la información que tenía de la familia de Julia, de algo que podía destruirlos?

Jeff arqueó una ceja.

–No. ¿Te amenazó con eso? Siempre pensé que Julia y tú acabaríais fugándoos y nunca entendí por qué te fuiste a las Fuerzas Aéreas.

–RW me dio un ultimátum. Si no me marchaba, daría a conocer cierta información que tenía de la familia de Julia. Y ya sabes que nunca ha hecho amenazas infundadas.

–Qué desgraciado. ¿Y qué podía ser?

–Julia nunca conoció a sus padres. Pensé que RW pretendía incriminarlos en algo y no quise que le hiciera daño. Así que me marché.

–Te alistaste en el ejército para protegerla –dijo Jeff sonriendo–. ¿Estás seguro de que lo vuestro es solo una aventura de fin de semana?

La puerta del dormitorio se abrió y Julia salió. Se había puesto unos pantalones cortos claros, una camiseta rosa y unas sandalias de tacón. Aquellas uñas pintadas de rojo le excitaban. Sus ojos se encontraron e intercambiaron una mirada de complicidad. Cuánto la deseaba.

–Pensaba que estaríais jugando al billar.

–Te estábamos esperando –dijo Matt.

Luego se bajó de la encimera y tomó de la mano a Julia, entrelazó los dedos a los suyos y la atrajo hacia sí. Se había recogido el pelo en una coleta y le acarició uno de los mechones que se le habían quedado sueltos.

–Me gusta tu coleta.

–¿Estábamos esperando? Pensé que te habías dado por vencido antes de empezar.

–Hermanito, prepárate para que te dé una paliza –dijo Matt.

Jeff sacó primero y mandó dos bolas directamente a las troneras del otro extremo de la mesa.

–Ya veo que te han enseñado algunas cosas en Nueva York –comentó riendo Matt–. Me alegro de no haber apostado nada.

Jeff se echó sobre la mesa y golpeó la bola.

–A la izquierda –dijo y la bola tomó esa trayectoria.

Matt rodeó a Julia con su brazo.

–Me alegro de que me estés haciendo compañía. Parece que no voy a poder jugar.

–¿Le has preguntado a Jeff por los chorlitos? –preguntó Julia.

–¿Los qué? –dijo Jeff y, tras golpear la bola, la coló en la tronera.

–Julia cree que RW va a construir algo en la playa que acabará con las aves. ¿Sabes qué piensa construir o cómo podemos enterarnos?

–He puesto a papá en contacto con un constructor. Mañana vendrá. Veré qué averiguo y ya os contaré.

–Eso es estupendo, Jeff. Gracias.

–¿Y si los planes de papá incluyen la zona donde están esas aves, entonces qué? –preguntó Jeff.

–Entonces lo amenazaré con cárcel, multas, humillación pública… No pararé hasta que lo consiga –dijo Julia con una sonrisa triunfante–. No hay nadie que más se lo merezca.

Matt la besó en la mejilla.

–Esa es mi chica.

–¡Quiero la revancha! –gritó Jeff en cuanto Matt coló la bola ganadora en la tronera.

–Siempre has sido muy competitivo, renacuajo –dijo Matt, dándole una palmada en el hombro mientras le guiñaba un ojo a Julia.

Ella le lanzó un beso.

–Y tú estás viejo y necesitas gafas –replicó Jeff–. Hace años que dejé de ser un renacuajo.

–Soy solo quince meses mayor que tú, pero estoy de acuerdo en que soy más sabio.

–¿De veras? ¿A quién le echaron la culpa por romper el jarrón Ming de mamá?

–¿Tú rompiste esa cosa? Pensé que fue Chloe.

–Fuimos los dos. Le estaba enseñando a tirar una bola con efecto y ¡plaf! Siento que te echaran la culpa.

–No pasa nada –replicó Matt jugueteando con la bola negra.

–Siempre dices eso, Matt, pero te equivocas –dijo en tono serio.

–¿A qué te refieres?

–Pocos castigos me llevé. A menos que me pillaran con las manos en la masa, siempre te echabas la culpa para protegerme. Y a Chloe también. Siempre fuiste, y sigues siendo, un gran hermano mayor –concluyó Jeff y le dio un abrazo a Matt–. Muchas gracias.

Julia vio cómo la expresión de Matt cambiaba, movido por las cariñosas palabras de su hermano.

–No fue nada. Tú también eres un buen hermano. No pienses en el pasado, no merece la pena.

En todos aquellos años, ¿nunca se habían dicho lo que sentían? Julia sintió que los ojos se le llenaban de lágrimas. Estaba presenciando un momento muy especial entre los hermanos y se sentía muy honrada. Tomó el teléfono de Matt y les hizo una foto abrazándose. Quería que tuvieran un recuerdo de aquel instante.

–¿Qué me dices, otra partida? –preguntó Jeff con la voz entrecortada por la emoción.

–Depende de Julia. ¿Tenemos algo que hacer?

Estaría bien volver al dormitorio con él, sobre todo después de la manera en que había reaccionado a las palabras de su hermano. Era un hombre fuerte con un lado sensible que siempre se había preocupado por sus hermanos. ¿Haría lo mismo por un hijo suyo?

Pero no quería arruinar aquella oportunidad de estrechar lazos fraternales.

–Una partida más. No sé jugar, pero me gusta mirar.

–Apuesto a que no te han enseñado a jugar –observó Jeff–. Quiero a Julia en mi equipo.

–¿Qué? –gruñó Matt–. Nadie me roba a mi chica.

–Pues acabo de hacerlo –dijo Jeff encogiéndose de hombros.

–Oh, no, Jeff, no quiero hacerte perder –intervino Julia.

–Eres mi arma secreta. Venga preciosa, tú primero.

–Está bien.

Tomó el taco, apuntó a la bola blanca y la falló.

–¡Vaya!

–Deja que te enseñe.

Matt se acercó a ella por detrás, le puso las manos en las caderas y ajustó su posición. Julia sintió el calor de sus manos a través de los pantalones y todo su cuerpo se estremeció.

«Como siga así, no voy a poder acabar la partida».

–Haz un pequeño puente con la mano. Así. Apoya suavemente la mano sobre el tapete. Bien. La cabeza recta, no la gires –dijo y la tomó por las mejillas para enderezársela–. Y relájate –le susurró al oído.

Era incapaz de pensar con claridad teniéndolo tan cerca. Sentía su aliento en la nuca.

–Apártate, Matt, y deja que saque –protestó Jeff.

–Te estoy ayudando, ¿verdad, cariño?

«A arder por dentro».

–Sí, claro –respondió.

Se dobló por la cintura un poco más y contoneó el trasero contra él.

Al oírle contener un jadeo, supo que había dado en el blanco. Meneó las caderas de un lado a otro y probó suerte con el taco. Milagro de los milagros, la bola entró en la tronera.

–¡Vaya! ¿Has visto eso?

Se volvió para mirarlo y él la abrazó, a la vez que empujaba sus caderas hacia el borde de la mesa de billar y la besaba. Aquella boca la hacía flotar. Con una mano la sostenía contra él y con la otra le acariciaba el pelo.

–Deja de distraer a mi compañera de equipo –intervino Jeff–. Sigue siendo su turno.

Julia apartó los labios de los de Matt y le hizo una seña para que siguiera jugando.

–Si tú lo dices…

Jeff rio y se oyó el sonido de las bolas al golpearse. A continuación, una entró en una tronera. Al poco otra. Los labios de Matt volvieron a dejarle la mente en blanco hasta que perdió la cuenta de las bolas que Jeff había colado. Enseguida se olvidó de que Jeff estaba allí.

Matt separó la boca, pero no apartó las manos.

–¿Me toca ya? –preguntó, dirigiendo una mirada ardiente a Julia.

–¡He ganado! –gritó Jeff–. Quiero decir, hemos ganado. Sabía que serías mi arma secreta, Julia.

Matt entornó los ojos.

–¿Has usado a una mujer sexy para distraerme? Eso es juego sucio.

–Ah, no, eso es lo que habéis estado haciendo vosotros. Buscaos una habitación –dijo Jeff sonriendo.

–Ya tengo una y estás en ella –dijo Matt.

–Está bien, ya me voy. Encantado de haber jugado contigo, Julia.

–Ha sido divertido –replicó Julia y le dio un beso en la mejilla–. Gracias por ser tan buen hermano.

Jeff sonrió y se sonrojó.

–Matt, no seas idiota –dijo antes de irse–. No lo dejes pasar. Lucha.

La puerta se cerró y de nuevo se quedó a solas con Matt. El corazón le latía con fuera.

–¿No lo dejes pasar? –repitió Julia.

Por un instante vi angustia en sus ojos azules. Matt apoyó la frente en la suya y tomó su mejilla.

–Julia…

Justo en aquel momento sonó una alegre sintonía en la habitación de Matt. Julia se sobresaltó.

–¿Dónde está mi móvil? Esa es la sintonía de Henry.

Encontró el teléfono y leyó el mensaje. Matt se recostó en el marco de la puerta, con los brazos cruzados, observándola.

–¿Todo bien?

Ella se mordió el labio.

–Lo siento, tengo que marcharme. Henry está de camino a casa y no me gusta que esté solo.

–Muy bien, vámonos. Podemos volver después de cenar. Tenemos tiempo.

Una sensación de soledad se apoderó de ella. Tiempo era lo que no tenían. Contaban con el pasado y el presente, pero el futuro estaba cerca y no sabía qué sucedería.

Después de dar de cenar a Henry, Julia había recogido la cocina y se había duchado. En aquel momento estaba en su habitación en albornoz mientras su hijo veía su programa de televisión favorito.

Sus primas estaban sentadas en su cama, haciéndose trenzas.

—No sé qué ponerme.

Quería estar guapa para Matt. Si aquella iba a ser una de sus últimas noches juntos, quería llevar algo especial que recordara.

—El vestido rojo —dijo Linda—. ¡En serio! Mi Jorge se quedó tan impresionado anoche que creo que hemos encargado otro bebé.

—¿Tu ex ha vuelto?

—No exactamente, solo… Bueno, ya sabes.

—Confía en mí, se quedará de piedra.

—No quiero que se quede de piedra.

«Lo que quiero es seducirlo y hacer realidad todos sus sueños. Tal vez así no se marche».

Sintió la garganta seca y tragó saliva. ¿De dónde le venía esa idea?

—Solo quiero pasar un fin de semana divertido. Lo que me decís siempre, que salga y me divierta. Esta noche quiero pasarlo bien. No pienso pedirle a Matt que se quede. Tengo planes, grandes planes. Voy a ser abogada y a hacer pagar a RW por lo que nos ha hecho a todos.

—¿No ibas a ser abogada para salvar a las aves? —preguntó María.

Julia abrió la boca para decir algo, pero la cerró. Las mejillas le ardían.

—Sí, querías ser abogada para salvar el planeta. Espero que no busques vengarte de RW. Nunca ganarás esa batalla —dijo Linda.

—Bueno, por supuesto que quiero salvar a esas aves.

Pero, ¿de veras era así? Quería estudiar para

asegurarse su futuro y el de su hijo. No lo hacía por RW. Él no tenía control sobre su vida.

—Bueno, ¿te vas a poner el vestido o no? —preguntó Linda.

—¿De verdad creéis que le gustará?

Ambas asintieron.

—Quizá sea suficiente para que se quede —dijo Linda, pronunciando las palabras que Julia no se atrevía a decir en voz alta.

Tragó saliva. No podía engañarse y esperar que Matt Harper echara raíces en Plunder Cove.

—Lo veo en tus ojos. Le arrancaré la cabeza si vuelve a hacerte daño —intervino María.

—Nada de violencia. Solo quiero disfrutar con él mientras esté aquí.

María sonrió.

—Ahí está, ¿lo has visto?

—Perfectamente. Ay, ay, ay, que ya ha hecho cosas picantes con él. Tal vez no necesites el vestido rojo.

—¿Cómo puedes saber lo que he hecho con él con solo mirarme?

—No lo sabíamos. Hasta ahora.

—Te hemos pillado —dijo Linda riendo—. Tienes suerte de que tía Nona no se haya enterado. Esa mujer me da pánico.

Julia se cruzó de brazos. Matt y ella eran adultos perfectamente capaces de hacer cosas de … adultos. La tía Nona tendría que aceptar que Julia estaba decidida a disfrutar de su sexualidad. Era evidente que ya antes había tenido sexo. Tenía un hijo.

—Tía Nona no es quién para decirme lo que tengo que hacer.

–He oído mi nombre –dijo Nona entrando en la habitación–. ¿Qué estáis haciendo?

Julia tragó saliva y dirigió una mirada asesina a sus primas, que rompieron en carcajadas.

–Estás muy guapa, tía Nona. ¿Vas a salir?

–¿Crees que eres la única a la que han invitado a cenar esta noche? Estoy deseando charlar con tu Capitán para ver qué tiene en mente.

No, no era posible.

Julia había planeado escaparse con Matt después de la cena. Henry iba a pasar la noche con Linda, así que tenía pensado retomar lo que habían estado haciendo aquella tarde. ¿Cómo iba a escabullirse de la atenta mirada de su tía?

–¿Tú también vas? –preguntó contrariada.

Linda y María trataron de contener la risa.

–Voy a mataros a las dos –farfulló Julia y salió de su habitación resoplando.

Capítulo Trece

RW estaba sentado en su estudio, revisando el informe trimestral de Industrias Harper. De momento, todo iba bien. Las acciones habían subido y el crudo mantenía su pujanza.

Buenas noticias.

Llamaron a la puerta y se puso inmediatamente de pie, confiando en que Angel hubiera regresado.

—Adelante.

No pudo disimular su decepción al ver que era su guardaespaldas.

—Tengo noticias, señor. El detective privado de los Ángeles ha localizado un confidente dentro de la banda, alguien que podrá darnos más información.

—Excelentes noticias. ¿Quién es?

—Una mujer llamada Cristina Sánchez. Ha decidido colaborar porque Angel le salvó la vida hace tiempo, sacándola de las calles.

RW sonrió. No era de extrañar que Angel la hubiera salvado. Su dulce y tierna Angel tenía mano para proteger y salvar a las almas descarriadas. ¿No era él buena prueba de ello?

—Cristina dice que percibe cierto nerviosismo en la banda. No sabe por qué, pero sospecha que tienen alguna pista del paradero de Angel. El detective también ha informado de que parece que están a punto de localizarla. ¿Quiere que se lo diga a Angel, señor?

—No, desde luego que no.

Si Angel se enteraba de que su ex la estaba buscando, desaparecería de nuevo y RW no volvería a saber de ella. Ahora, era ella la que necesitaba que la protegiera. De una manera o de otra, tenía que proteger a la mujer que lo había salvado a él.

—Hay que extremar las medidas de seguridad de Plunder Cove. Quiero hombres vigilando la costa desde barcos y dos en el puesto de vigía, un equipo controlando el norte y otro el sur. Si algún sospechoso se acerca a Plunder Cove, detenedlo, ¿me has oído? No quiero que nadie se acerque a Angel. ¡Nadie! Si ese canalla envía a toda la banda a por ella, estaremos preparados, ¿entendido?

—Sí, señor.

—Bien. Confiemos en que la confidente nos vaya informando.

Ya era hora de que algo le saliera bien. Iba a hacer todo lo que estuviera en su mano para que Angel se sintiera a salvo en su casa y así, tal vez, accediera a quedarse.

Matt entró en la cocina y abrió la enorme nevera de dos puertas. Había tal variedad de alimentos, que parecía un pequeño mercado.

—Matthew, ¿qué estás buscando? —preguntó Donna, la cocinera.

Estaba junto a la estufa, removiendo un guiso que olía muy bien. Seguía luciendo el mismo peinado de siempre y, a sus casi setenta años, llevaba gafas y zapatos ortopédicos. Era una mujer generosa y amable, con expresión angelical y sonrisa contagiosa.

Matt cerró la nevera y se acercó a ella. La rodeó con su brazo por los hombros y le dio un beso.

–Hmmm, ¡qué bien huele! ¿Qué es?

–Guiso de jabalí. Siéntate, está casi listo. En unos minutos te serviré un plato.

–Estupendo, estoy muerto de hambre.

Se subió a la encimera y empezó a balancear las piernas como solía hacer de niño.

–¿Qué novedades tienes? Me han dicho que esta noche cenabas fuera.

–Así es, pero no puedo esperar hasta entonces –dijo llevándose la mano al estómago.

Donna se acercó a la nevera y sacó un cuenco.

–Tengo huevos duros, ¿quieres uno?

–¿Qué tal dos?

–Como en los viejos tiempos, ¿eh? –sonrió la cocinera–. Cuánto me alegro de que hayas vuelto.

–Yo también. Aunque no es exactamente como en los viejos tiempos. No creo que hubiera venido si todo hubiera seguido igual –dijo mientras tomaba un huevo y empezaba a pelarlo–. ¿Huevos morenos?

–Sí, ahora criamos gallinas y tenemos un huerto. Desde que tu padre estuvo enfermo, procuramos comer alimentos orgánicos.

–¿Papá ha estado enfermo? –preguntó frunciendo el ceño.

Donna dejó de dar vueltas al guiso y se irguió, pero no se volvió para mirarlo.

–¿No lo sabías?

–No. ¿Qué le ha pasado? ¿Todavía está enfermo?

Justo en aquel momento, Alfred entró en la cocina.

–Será mejor que se lo preguntes a tu padre, Matthew. No deberíamos ser nosotros los que te lo contáramos.

–Nunca ha habido comunicación entre mi padre y yo. ¿Podéis contarme lo que está pasando?

Donna se volvió. Su gesto era de inquietud.

–No queremos preocuparte, pero tu padre ha tenido algunos… problemas. Ya no es el que era.

–¿Te refieres a que es más cabrón de lo que solía ser? ¿No te habrá hecho daño, verdad Donna?

–No, no me refiero a eso –contestó la cocinera, y miró al chófer–. Ayuda, no sé que decir. ¿Debería contárselo?

Alfred suspiró.

–Espera.

Echó un vistazo al pasillo antes de cerrar la puerta de la cocina.

–Bien, están todos arriba.

Alfred se apoyó en la encimera, cerca de la pierna de Matt.

–El divorcio fue muy duro para tu padre. E incluso antes de separarse, cuando tus padres no hacían más que discutir, lo pasó muy mal.

–¿Cuándo no discutían?

–Sí, pero todo se complicó cuando te fuiste.

–Ahí fue cuando la enfermedad empezó a manifestarse –intervino Donna.

Matt se pasó la mano por el pelo. ¿Qué demonios pretendían contarle aquellos dos?

–Suéltalo, Alfred. Tanto suspense me está matando.

–Tu padre tenía que dirigir Industrias Harper. Nadie podía enterarse de que estaba enfermo –explicó Alfred lentamente–. Si la competencia lo hubiera descubierto, habría sido el fin de Industrias Harper. Tu padre habría perdido la compañía por la que su padre, su abuelo y todas las generaciones anteriores tanto habían luchado.

–¿Si hubiera descubierto el qué? –preguntó Matt.

Donna se acerco a la encimera de tal manera que Matt quedó rodeado.

–Tu padre tuvo un desequilibrio mental –dijo Alfred.

–¿Qué?

–RW se volvió completamente loco –añadió Donna.

–Eso no es posible –dijo al cabo de unos segundos.

Donna le acarició el brazo. Estaba más pálida de lo habitual.

–Ha sido horrible. Ha estado bastante mal, pero ha sabido ocultarlo. Nadie se dio cuenta de lo mucho que estaba sufriendo.

–¿Estáis seguros de que estáis hablando de RW, mi padre, el mayor cabrón de California?

Alfred se apartó para tomar un huevo duro.

–Aunque eso no es sinónimo de fuerte.

Donna asintió.

–Así es. RW tuvo que ser fuerte para la familia, para la compañía y para vosotros, sus hijos. Siento decir esto, Matthew, pero tu madre no era una mujer fácil.

Matt resopló.

–No es ninguna sorpresa.

–Se llevaban muy mal. Lo único bueno que salió de esa relación fuisteis sus tres hijos. Tu padre está muy orgulloso aunque no sepa demostrarlo.

–Desde luego. RW estaba orgulloso de ti, a su manera. Por eso todo esto ha sido tan duro para él. No quería que sus problemas afectaran a tu futuro.

El ambiente en la cocina era tenso. Matt tenía un sexto sentido para ver venir el peligro, aunque no siempre podía evitarlo. Esa cualidad le había sido muy útil en las Fuerzas Aéreas, y en aquel momento le estaba diciendo que saliera de la cocina.

La cocinera y el conductor a los que tanto quería estaban tratando de contarle una milonga sobre su padre. Matt se llevó la mano a la cabeza, que empezaba a dolerle. RW no tenía ninguna enfermedad mental. Imposible.

–Lo siento, pero no me lo creo. No sé por qué RW os ha engañado de esta forma, pero tiene que haber una razón. No está loco.

El rostro de Donna se iluminó.

–Tienes razón. Ahora está mejor gracias a Angel. Ella ha conseguido que se recuperara. Sin ella, no creo que lo hubiera superado. Tu madre no estaba dispuesta a convertirse en su enfermera, así que pidió el divorcio en cuanto las cosas empezaron a complicarse.

–¿Quién demonios es Angel?

–Su salvadora. Fue la única que supo qué hacer porque al parecer ella también pasó momentos difíciles. Una mujer reservada, aunque supo cómo tratarle. Tuvimos suerte de que estuviera en el pueblo. De no haber sido así, tu padre habría sido internado. Imagínate cómo hubiera disfrutado la prensa si se hubiera enterado. Angel se quedó con él y le ayudó a recuperarse. Y gracias a sus atenciones, está mejor. Ya le has visto. Se le ve muy bien, ¿verdad?

Sí, tenía buen aspecto, pero hacía tiempo que Matt había dejado de admirar a su padre. Un buen hombre protegía a sus hijos, trataba de hacerles felices y darles un futuro prometedor. RW no había hecho ninguna de aquellas cosas. Aun así, el hombre al que Matt había visto en la fiesta no era el mismo que le agarraba por el cuello de la camisa y le amenazaba con echarlo si no se comportaba.

—Contadme, ¿qué hizo? —preguntó Matt.

Donna y Alfred intercambiaron una mirada.

—Quería protegeros —contestó la cocinera—. Por eso te envió fuera.

—No, eso no me lo creo. Me mandó a las Fuerzas Aéreas para alejarme de Julia. ¡Le dijo que había muerto! Quería que cortáramos porque era del pueblo. A mis padres no les gustaba, en especial a mi madre. Los odio por destrozar la cosa más buena y bonita que tenía.

Se bajó de la encimera de un salto y empezó a dar vueltas por la cocina. ¿Qué demonios eran aquellas tonterías? ¿Había embaucado al personal el viejo estafador? Donna y Alfred deberían conocer las maniobras de RW puesto que llevaban con él mucho tiempo. ¿Era Matt el único que se daba cuenta de lo terrible que podía ser RW?

—Eso es solo una parte de la historia, Matthew. Escucha a Donna —dijo Alfred—. Ella lo vio todo.

–¿Todo? –preguntó Matt volviéndose hacia la cocinera.

–¿Sabes por qué tu padre no te llevó a la academia de las Fuerzas Aéreas?

–Era más cómodo para él encargarle a dos de sus hombres que me llevaran.

–No estaba en condiciones de hacerlo él mismo. Aquella mañana, cuando fui a llevarle el café, me lo encontré en el suelo –relató Donna y alzó la mirada al techo–. Había tomado pastillas, Matthew. Todo un bote. Tu padre intentó suicidarte.

El mundo de Matt se salió de su eje. El dolor de cabeza incipiente estalló como una granada. Todo su cuerpo se debilitó y parpadeó para contener las lágrimas.

–Vas a tener que empezar por el principio –se oyó decir, con una voz que apenas pudo reconocer como suya.

Matt tomó la segunda calle del pueblo. No dejaba de dar vueltas a la historia que Alfred y Donna le habían contado. ¿Su padre un enfermo mental? No podía creerlo, aunque eso explicaba muchas cosas. Tal vez había sido tan implacable porque no había sabido cómo lidiar con sus emociones. Por no mencionar su matrimonio. La madre de Matt tenía facilidad para sacar a todo el mundo de quicio.

Matt aparcó delante de la quinta casa de la calle. Era idéntica a las cuatro anteriores, excepto que aquella tenía unas cuantas bicicletas apiladas en el jardín y salía música de su interior.

Matt puso los ojos en blanco. Estuviera enfermo o no, su padre no estaba tan mal como para regalar dinero.

«Además, no vivo aquí».

Tenía que recordarse constantemente que su futuro no estaba allí. Era tan solo un turista disfrutando de sus últimos días de vacaciones.

Se remetió la camisa blanca. Llevaba los pantalones perfectamente planchados y los zapatos negros abrillantados porque quería estar impecable para Julia. Incluso se había afeitado la barba. Las palmas de las manos le sudaban cuando llamó a la puerta.

Abrió Linda.

—Por fin. Julia, tu príncipe azul está aquí.

Henry fue corriendo a saludarlo.

—Hola, ¿ha traído Alfred el batimóvil para enseñárselo a los chicos? No me creen cuando les digo que me he montado en un Aston Martin?

—No, he venido conduciendo yo. Y tampoco he traído el Aston Martin —añadió ladeando la cabeza—. Echa un vistazo.

Henry miró por detrás del codo de Matt y abrió los ojos como platos.

—Vaya, ¿qué coche es ese?

—Es un Lamborghini Veneno. Si prometes no rayarlo, te dejaré sentarte en él.

—¿En serio?

—Nunca mentiría a Robin. Y diles a tus amigos que no es un Lamborghini cualquiera. Solo se vendieron tres como este.

—¿De verdad? ¡Chicos, venid aquí! —gritó Henry hacia la casa, antes de volverse hacia Matt y abrazarle por la cintura—. Gracias.

Era la segunda vez que le abrazaban por sorpresa ese día y estaba empezando a gustarle.

–De nada –dijo dándole unas palmadas en la espalda.

RW le mataría si supiera que un puñado de niños iba a montarse en su Lamborghini, pero merecía la pena correr el riesgo por ver al chico sonreír de aquella manera.

Julia salió al porche con un vestido escotado, del mismo color rojo que las uñas de sus pies. Llevaba la melena sobre un hombro. Su mirada ansiosa igualaba el deseo que sentía en su interior.

Julia se quedó mirándolo, sin moverse ni decir nada.

–¿Estás bien? –preguntó él.

–Te has afeitado.

–Quería estar respetable para ti.

Julia alargó la mano y sus dedos fríos acariciaron su mentón. Le temblaban las manos.

–¿Vas a llorar? Ya volverá a crecer, te lo prometo.

–No, es solo que… vuelves a parecerte a mi Matt.

–¿Y eso es malo? –preguntó Matt con el pulso acelerado.

Estaba al borde del precipicio. Un paso en falso y estaría perdido.

–No, malo no. Es solo que me he emocionado. No sé qué me pasa.

–No te preocupes, puedes llorar si quieres.

Julia sonrió y contuvo las últimas lágrimas. Luego le dio un beso en los labios y un escalofrío la recorrió de arriba abajo.

–Tenía pensado irnos pronto y volver a tu casa.

–¿Pero…?

–Ha venido tía Nona. Me temo que tendremos que quedarnos más de lo que tenía pensado para llevarla a casa.

Como si hubiera oído su nombre, la anciana apareció en el porche.

–¿Por qué estáis aquí fuera? Estamos a punto de empezar a comer. Anda, hija, ve y ayuda a tu prima con la ensalada, mientras Matthew y yo charlamos un poco –dijo tomándolo del brazo.

–Está bien, cariño. Iré a buscarte en cuanto Nona y yo nos pongamos al día.

Julia lo miró preocupada y regresó al interior de la casa.

Matt miró a la anciana.

–Yo también tengo algunas preguntas.

Empezando por si conocía la enfermedad de su padre. Tía Nona había sido su niñera hasta que un día se había despedido y no había vuelto a pisar Casa Larga. Matt no sabía por qué se había ido, pero recordaba que su madre se había puesto hecha una furia.

–Lo suponía. Vamos, Linda ha dispuesto las bebidas en el patio de atrás. El tequila me ayudará a recordar.

El patio de atrás era un cuadrado de césped con un roble. En la parte más cercana a la casa había una vieja mesa de picnic con una sombrilla en medio. Un pequeño grupo de personas estaba allí sentado, tomando tortillas de maíz con guacamole.

Había una segunda mesa con bebidas. Matt

echó unos hielos, lima y azúcar en una batidora que estaba enchufada con un cable largo. Había tres botellas de tequila y Nona señaló una de ellas.

—Añade también un poco de ron, Capitán. Y pon sal en el vaso. Me gusta la combinación dulce y salada.

Matt echó un poco de los dos licores en la batidora.

—Más —dijo Nona, inclinando la botella y echando una buena cantidad.

Matt puso en marcha la batidora y sirvió la mezcla en un vaso con forma de cactus.

—Salud —brindó la anciana, llevándose el vaso a los labios—. Espera, ¿tú no tomas?

Él rio. ¿Ron y tequila? Necesitaba estar despejado para todas las cosas dulces y picantes que pensaba hacerle a Julia.

—Me gusta más la cerveza.

Nona le mostró la nevera donde estaban las cervezas y luego se acercó a dos tumbonas y se sentó pesadamente. El asiento pareció engullirla. De niño, Nona le parecía una mujer enorme, a diferencia de lo débil que se la veía en aquel momento. ¿Cuántos años tenía, setenta y cinco, ochenta?

Se inclinó hacia él con el rostro muy serio.

—No he dejado de preocuparme por ti a lo largo de todos estos años. Dime que te ha ido bien.

—Sí, estoy bien, pero tengo preguntas.

La anciana se irguió.

—Sí, hace mucho tiempo que esperaba este momento. Adelante, pregúntame, estoy preparada.

Aunque su rostro estuviera surcado de arrugas y su cuerpo cansado, sus ojos seguían brillando con la misma energía de siempre. Como los de Julia. Nunca antes había reparado en ello. Se parecía, algo que era curioso, teniendo en cuenta que Julia era adoptada. La habían dejado abandonada en una bolsa delante de la puerta de Nona.

–Háblame de la madre de Julia. ¿Qué le pasó? –preguntó y dio un trago a su cerveza.

–¿Qué? ¿Es eso lo que querías preguntarme? Pensé que querrías saber por qué tu madre me echó de tu casa o por qué tu padre necesita un ángel que le ayude a salvar su alma.

Sí, también quería saber de eso, pero Julia era más importante. Siempre lo había sido.

–Venga, cuéntamelo.

Nona se volvió hacia la casa. ¿Estaría buscando un salvador o asegurándose de que Julia no los escuchara?

–Julia no puede enterarse de lo que voy a decirte –dijo, tomándolo por la muñeca.

–¿Por qué?

–Porque pondría en peligro a Henry y a ella, por eso –prosiguió y casi vació el vaso–. Te lo contaré porque sé que guardarás el secreto. Y cuando Julia empiece a decir que quiere encontrar a su madre, como hace de vez en cuando, le quitarás la idea de la cabeza.

El corazón se le aceleró.

–¿Tiene esto algo que ver con mi padre?

Nona abrió la boca, pero la cerró. Apretó con tanta fuerza los labios que se le pusieron blancos.

–Confía en mí, Nona. Los protegeré. Necesito saber cuál es la amenaza.

La anciana se volvió de nuevo hacia la cocina. Julia seguía dentro. Sus risas se oían en el patio.

Nona se mordió el labio como Julia solía hacer cuando se quedaba pensativa.

—La madre de Julia era muy joven cuando la tuvo. Había cometido errores y todavía está pagando por ellos. Lo que no quiere es que Julia pague por ellos también.

—¿La madre de Julia está viva?

Julia siempre se había preguntado si sus padres estarían vivos o muertos.

—Sí, está viva, pero Julia no debe intentar dar con ella. Una banda muy peligrosa de Los Ángeles está buscándola porque vio cosas, cosas malas: secuestros, asesinatos, drogas… Se dedican a ese tipo de cosas, ¿entiendes? Hace tiempo le dijeron que la matarían para callarla. Amenazaron con hacer daño a sus seres queridos.

—¿Qué demonios…? ¿Así que desapareció? ¿Por qué no acudió a las autoridades?

—Tenía sus razones y todas ellas incluían mantener a Julia a salvo. Esta es mi familia, Matthew, la gente a la que quiero. Esa banda no puede hacer daño a mi niña ni al pequeño Henry.

—Tengo que hacer algo.

—¿El qué? Llevo años pensándolo y no se me ha ocurrido nada. La madre de Julia tiene que permanecer oculta para protegerlos. Esa es la única manera. Tienes que mantener a Julia apartada de esto.

¿Era esa la información que RW tenía sobre la familia de Julia, la historia que había amenazado con hacer pública diez años atrás? ¿Qué clase de canalla pondría a una joven en una situación así? La angustia se apoderó de Matt.

–La madre de Julia debería haber acudido a la policía y haber presentado pruebas contra esa banda de delincuentes. Debería haber colaborado con el FBI para que los hubieran detenido a todos. Lo que no es aceptable es que huyera del problema y de su hija.

Matt se levantó de su asiento y empezó a dar vueltas por el patio. Se sentía furioso y frustrado. Solo podía pensar en las ocasiones en que Julia había llorado sobre su hombro por culpa de una madre que la había abandonado. Conocía muy bien aquel sentimiento, y eso le enfurecía.

–¿Qué clase de madre abandona a sus hijos? –preguntó volviéndose hacia Nona.

–Una madre que ama a su bebé por encima de su libertad –estalló la anciana–. Una madre que lo sacrificó todo, incluso a su propia hija, para mantener a salvo a su familia. Una madre que nunca haría daño a su hija. ¿Qué clase de madre pega a su hijo de cuatro años?

–¿Cómo?

Matt volvió y se sentó al lado de Nona.

–Estabas gritando y corrí a ver qué pasaba. La encontré golpeándote con un cepillo de plata. Tenías marcas por los brazos, las mejillas… Tu madre era una mujer muy violenta. Forcejeé con ella y logré quitarle el cepillo. Llamó a los vigilantes y me echó de Casa Larga. Me prohibió regresar. Le contó a todo el mundo que fui yo la que te hizo daño, pero juro por Dios que no fue así. Nunca podría hacer daño a nadie.

—No recuerdo nada de eso —dijo Matt y bajó la vista a sus manos, entrelazadas con las de Nona.

—Pues fue así —afirmó la anciana tomándole el rostro entre sus manos—. No pasaba un día sin que pensara en ti. Te quería como a un hijo, como a Julia y a Henry. Sois los hijos que nunca tuve y siempre quise protegeros. Siento no haberlo podido hacer. A veces la vida es muy dura para una mujer sola. Todos hacemos lo que podemos. No odies a la madre de Julia por sus errores. Los míos son peores. Espero que algún día me perdones por no haberte podido salvar.

Matt se quedó en silencio mientras Nona seguía dándole las manos. Le costaba asumir todo lo que había descubierto en las últimas dos horas. El deseo de volar le asaltó. Necesitaba subir a las nubes y perderse entre ellas un rato.

—¡Matt! ¡Matt!

Henry corría hacia él seguido de una docena de niños. Se detuvo poco antes y se quedó mirando sorprendido, como si le resultara extraño que tía Nona estrechara las manos de un hombre de aquella manera.

—Venga, la madre de Anthony ha traído una piñata enorme con forma de Bob Esponja. Está llena de caramelos.

—¿Qué quieres que haga? —preguntó Matt y soltó la mano de Nona—. ¿Que tire de la cuerda?

—No, de eso se ocupa el hermano de Anthony. Queremos que la rompas con el bate. Pero yo lo intentaré primero.

—¿Y no deberíais hacerlo los niños? No quiero quitarle el turno a nadie.

–Por favor –dijo Henry tirando de su brazo–. Quiero que lo intentes y a los chicos no les parece mal.

Ningún niño le había mirado nunca con tanta admiración. Matt sintió que el corazón se le encogía.

–Está bien. Vamos a aniquilar a Bob Esponja –dijo y, antes de marcharse, se volvió hacia Nona–. Gracias por todo. Criaste a Julia rodeada de amor. No hay nada que perdonar.

No le había preguntado por la enfermedad de RW, aunque, en parte, ya sabía la respuesta.

Capítulo Catorce

Julia los observaba a través de la ventada del salón.

Matt le había pedido que le guardara el móvil y las llaves del coche mientras le daba una lección a Bob Esponja. Tomó el bate como si estuviera en el campo de béisbol, sacudiendo las caderas y los hombros. Estaba muy guapo y le hizo una foto con su móvil. Balanceó el bate y golpeó la piñata. La cabeza del pobre Bob Esponja salió despedida y el cuerpo se rompió en pedazos. Una lluvia de caramelos cayó sobre los niños, que se afanaron en hacerse con ellos. Julia aprovechó para hacer otra foto.

—Ah, ni hablar. Eso es mío.

Matt se quitó el antifaz y se tiró al césped con los niños. Todo lo que se veía era un amasijo de brazos y piernas mientras forcejeaban por conseguir el botín. Las risas y los gritos llenaban el patio y se colaban por las ventanas abiertas.

—Espero que esté bien —murmuró Julia para sí, y siguió haciendo fotos.

—Ese hombre está mejor que bien. Es divino —dijo la tía Flora desde detrás de ella.

Julia se volvió y vio a sus tres tías y a su prima Linda mirando a su novio desde la ventana.

¿Novio? ¿Eso era? Bueno, era su novio por el fin de semana.

–Es un buen chico –comentó Nona.

Durante su juventud, la tía Nona había intentado impedir que viera a Matt, previniéndola de los piratas. Pero ahora resultaba que era un buen chico. ¿Qué le había puesto Matt en la bebida?

–Si lo sabré yo que lo crie.

–¿Que hiciste qué? –preguntó Julia, volviéndose hacia su tía.

–¿No te lo había contado? Fui su niñera hace mucho tiempo. Yo misma le daba el biberón.

–Nunca me lo habías contado. ¿Por qué…?

–¡Cuidado! –exclamó la tía Alana–. Espero que esos chicos no le hagan daño en su masculinidad con tanta pelea.

–¡Mamá! –dijo Linda sacudiendo la cabeza–. Solo Julia puede hablar de su masculinidad.

–Está bien. Lo siento, Julia. No siempre tengo la suerte de ver a un hombre tan guapo en el patio de atrás.

–No te preocupes, está bien.

Matt se volvió y se protegió detrás de Henry del resto de luchadores. No recordaba la última vez que Henry se había reído tanto.

–Tiene madera de padre –dijo Linda tomándola del codo.

Cuánto le gustaría que Henry decidiera quedarse.

–Habéis ganado, malandrines, los caramelos son todos vuestros. Apartaos de mí –dijo Matt y apartó al último niño de su hombro–. Venga, ve a comerlos.

Los pequeños se escabulleron, satisfechos por haber vencido a aquel hombre. Matt no recordaba la última vez que se lo había pasado tan bien. Se sacudió los pantalones, manchados de césped por todas partes, y se agachó para limpiarse los zapatos.

–¿Te diviertes? –preguntó Julia apareciendo delante de él.

–Es la mejor fiesta en la que he estado –replicó sonriendo.

–¿Mejor que la fiesta de piratas de RW de anoche?

–En la de anoche había baile, pero en esta hay caramelos.

–Te gustan mucho los caramelos, ¿verdad?

–No tienes ni idea. Me encantan.

Se acercó y la tomó por la barbilla.

–¿Tienes hambre ahora? –preguntó ella, entornando los ojos.

–Estoy muerto de hambre –contestó y por el rubor de sus mejillas, supo que había entendido a qué se refería–. Después de que llevemos a tía Nona a su casa, nos iremos a la mía. Tengo una promesa que cumplir. Cuatro seguidos, que no se te olvide.

–Promesas, promesas.

–Siempre las cumplo.

Pasaron junto al grupo que estaba tomando tortillas de maíz con guacamole y margaritas. Iban paseando del brazo como si asistieran a barbacoas familiares todos los fines de semana.

¿En eso consistía la felicidad?

Se acercaron a María y su novio. Jaime estaba

asando unos churrascos y olía muy bien. El estómago le rugió.

—Parece que el ojo va mejorando —comentó María al ver a Matt.

—Sí, ni me he enterado —replicó él ignorando su comentario—. Tiene buena pinta —añadió refiriéndose a la comida.

—Toma, prueba esto.

Jaime cortó un par de trozos de carne y los mojó en una salsa casera. Luego los pinchó en sendos palillos, le ofreció uno a Matt y se comió el otro.

—Hmm, qué bueno —dijo Matt y empezó a masticar—. Pero pica mucho.

—Es mi salsa especial, ¿te gusta? —preguntó como si tal cosa.

Matt sentía que le ardía la boca. No se atrevía a sacarse la comida para no molestar a Jaime, pero si se la tragaba, le abriría un agujero en los intestinos.

—Sí, pero necesito agua.

Julia le acercó una botella de agua y de un trago se bebió la mitad.

—¿Demasiado picante para ti?

—Creo que me he quemado la lengua.

—Eso es una lástima, ¿verdad, Julia? —dijo María, mirando a su prima de reojo.

—Los churrascos están en su punto, como a ti te gustan, cariño. Tiernos y jugosos —anunció Jaime, dándole un azote cariñoso a su novia.

Julia estaba observándolos.

—¿Es así como te gusta la carne? ¿Picante? —le susurró Matt al oído.

—¿Ah, sí?

–Te lo estoy preguntando, cariño. Eres tú la que tiene que decirlo. Sé lo que te gusta.

–¿De verdad? ¿Y esto está en el menú? –preguntó, dándole una palmada en el trasero.

Matt se quedó sin palabras. En un patio lleno de familiares, con casi la tercera parte de los vecinos del pueblo, lo besó. Aquello fue lo mejor del día y estaba deseando que hubiera más.

Durante el resto de la noche hubo risas, buena charla y mejor comida. Matt y Julia se sentaron en una mesa con otros adultos mientras que Henry se quedó con los niños. Cuando la familia de Julia empezó a hacer preguntas sobre sus planes, deseó irse con los pequeños. Eran implacables.

Julia trató de cambiar de conversación, pero le fue imposible desviar el interés.

–Acabamos de reencontrarnos –dijo al verse acorralada–. Dejad que resolvamos nuestros asuntos en privado.

Acabaron de comer y fueron llevando los platos a la cocina. Matt estaba entretenido observando a Julia llenar el lavaplatos cuando Henry se acercó a él y tiró de su camisa.

–¿Es cierto?

–¿El qué?

Henry lo miraba con los ojos muy abiertos.

–¿Vas a ser mi padre?

Tanto hablar del futuro había llevado a aquello. Tenía las emociones a flor de piel, a pesar de que no acababa de entenderlas. Se sentía apesadumbrado de que Henry no fuera suyo. Tampoco sabía cómo ser un padre o cómo construir un futuro con Julia en el que Henry siguiera formando parte de su vida.

Como no sabía qué decir, optó por la verdad.

–Sería un honor, Henry. Cualquier hombre se sentiría afortunado de ser el padre de un niño tan estupendo como tú.

Por tercera vez en el día, se llevó un gran abrazo, solo que esta vez no fue por sorpresa, porque el primer paso lo dio él.

Julia se dio la vuelta y los miró.

–¿De qué estáis hablando?

–De nada –contestó Henry mientras se separaban.

Matt no mentía a Julia. Nunca lo había hecho y nunca lo haría. Pero el nudo en su garganta le impedía hablar, así que no dijo nada.

–Una más –dijo Julia sacando el móvil de Matt.

Matt rodeó con su brazo a Henry y ambos sonrieron a la cámara.

Pasaban de las diez cuando Julia llevó a casa a tía Nona, seguida de Matt en su Lamborghini. Henry iba en el coche, a su lado. El niño estaba tan cansado que se había quedado dormido nada más sentarse en el asiento de cuero.

Matt detuvo el deportivo frente a la casa de tía Nona y esperó a Julia. La anciana se acercó a su coche para despedirse.

–Buenas noches, tía –dijo bajando la ventanilla–. Me ha gustado verte.

–Buenas noche, hijo –contestó y le puso una mano sobre el hombro–. Ven a verme antes de irte. Tengo algo para ti.

–¿El qué? –preguntó él frunciendo el ceño.

–Ven a visitarme mañana y lo verás.

Cuando llegaron a casa de Julia, llevó al niño a su cama. Julia le quitó los zapatos y los calcetines, y lo metió bajo las sábanas.

–Es un encanto, Julia.

–Todos lo son cuando están dormidos.

–¿Puedo? –preguntó sacando el móvil para hacer una foto.

–Claro. Por si no te has dado cuenta, está entusiasmado contigo –dijo justo en el momento en que llamaban a la puerta–. Es mi vecina. Va a cuidar a Henry mientras estemos en tu casa. Pero tengo que volver antes de la medianoche, ¿de acuerdo?

–Sí.

Mientras Julia le daba las últimas instrucciones a la canguro, Matt hizo la foto. Nunca le había creado ningún conflicto acostarse con una mujer, pero por alguna razón inexplicable, no sentía la necesidad de meter prisa a Julia para marcharse. Una parte de él quería quedarse en aquel hogar tan agradable y acogedor que había creado con Henry. Pero sabía que no quería que se quedara a dormir. Ella era la que tenía un hijo y respetaba sus deseos.

No podía dejar de pensar en lo mucho que le gustaría ver a Julia nada más despertarse por la mañana y cubrirla de besos. Nunca antes había dormido con una mujer una noche tras otra ni le había despertado un niño con sus pesadillas. Deseaba cosas que no podía tener y que tal vez nunca tuviera.

«Tienes esta noche, no lo eches a perder».

Besó la frente de Henry, lo arropó y fue en busca de Julia.

Atravesaron los jardines en dirección al pabellón de la piscina tomados de la mano. Le asustaba lo cómoda que se sentía paseando por la mansión de los Harper. Con Matt, disfrutaba de cada momento. No quería pensar en que apenas quedaban veinticuatro horas para que se marchara.

Abrió la puerta y encendió las luces.

—Ya hemos vuelto —susurró Julia sin saber muy bien por qué.

—Por fin —dijo él atrayéndola entre sus brazos.

—¿Lo has pasado bien esta tarde?

—Sí, he disfrutado con tu familia. Se nota que te quieren.

—Lo sé.

—Julia, ¿todavía quieres saber lo que le pasó a tu madre?

—Sí, claro —contestó frunciendo el ceño.

—¿Qué pasaría si al descubrirlo tu familia corriera peligro? ¿Seguirías queriéndolo saber?

—¿De qué va todo esto, Matt? —preguntó apartándose.

—Parece que tu madre se vio involucrada con gente indeseable antes de tenerte. Quiso dejarte a salvo con tía Nona. Eso es todo lo que sé. Pero hay alguien con quien puedo hablar para averiguar más. ¿Quieres que lo intente?

—Sí, siempre y cuando seas discreto. No quiero que nadie corra peligro. Gracias.

—De acuerdo, veré qué puedo descubrir.

La atrajo de nuevo hacia él, tomó su rostro entre las manos y la besó suavemente. Ella lo rodeó con sus brazos y se aferró a su trasero.

Luego, Matt cargó con ella y la llevó a su cama.

Julia sintió que el corazón le latía desbocado. Le hizo una seña con la mano para que se acercara y empezó a desabrocharle la camisa.

—Llevo toda la tarde deseando echarte el guante.

—¿No será que vas detrás de mis caramelos? —dijo Matt y sacó unos dulces mexicanos del bolsillo de la camisa—. Tuve que esconder un puñado de esos niños. Los hace Juanita.

Julia rio con ganas.

—Esos dulces te encantan.

La empujó sobre la cama y le dio un beso. Ella le apartó la camisa de los hombros y le acarició el pecho.

—Desnúdate, Capitán. No tenemos mucho tiempo.

Sonrió, se tumbó a su lado y se quedó desnudo.

Era impresionante.

Había perdido práctica. Se sentía inexperta, probablemente muy diferente a las mujeres con las que se había acostado. Carraspeó y deslizó un dedo por su pecho.

—¿Qué te gustaría que te hiciera?

—Todo lo que me hagas me parecerá bien —contestó Matt, acariciándole la cadera.

Julia bajó la mirada. Sus caricias estaban surtiendo efecto y se sintió poderosa. Extendió las manos sobre el vientre de Matt y le acarició los abdominales. Luego, siguió deslizándolas por su espalda, bajando por su trasero hasta volver por la cadera y acabar dibujando círculos alrededor de su ombligo. La respiración de Matt se aceleró.

Ella se mordió el labio y lo miró a los ojos. Aquel hombre tan atractivo era su Matt. Tomó su pene entre las manos y lo vio inspirar hondo. Se miraron a los ojos mientras ella empezaba a acariciarlo. Cuando le pasó el dedo gordo por la punta, él jadeó.

–Oh, cariño, no sabes lo que me está gustando.

La besó y tiró de su labio inferior. Julia estuvo a punto de correrse.

–No puedo esperar más. Quítate la ropa –dijo él con voz ronca.

Buscó en la cómoda y sacó un preservativo. Cuando se quedó desnuda y él estuvo listo, la besó en el cuello, estremeciéndola.

–¿Arriba o abajo?

–¿Eh? Arriba.

–Tus deseos son mis órdenes –dijo él sonriendo y rodó para colocarla sobre él–. Cielo santo, Julia, eres preciosa. Ponte derecha para que te vea.

Se sentó a horcajadas sobre él.

Adoración fue lo que vio en sus ojos. Se hundió en él y comenzó a cabalgar, hundiéndose lentamente una y otra vez.

–Qué bien me haces sentir.

Julia sintió que sus reservas y sus inseguridades se desvanecían.

Matt la sujetó por las caderas, apretándola contra él. Un torbellino de emociones se reflejaba en sus pupilas dilatadas. Cada vez la agarraba con más fuerza y su respiración era entrecortada. Ella también se estaba acercando y aceleró el ritmo.

—Oh, preciosa —dijo de una manera que la hizo derretirse.

Luego se incorporó y tomó un pecho en su mano, como si tuviera un tesoro. Después de besarlo, se llevó el pezón a la boca. Cuando succionó, las sacudidas del éxtasis se apoderaron de ella. Una vez, dos veces. Julia cerró los ojos y siguió moviéndose. El placer era abrumador y su cadencia se ralentizó. Estaba perdiendo fuelle.

Rodaron otra vez y Matt tomó el relevo. El ritmo era intenso. La cama golpeaba el cabecero y... volvió a correrse.

Se desplomó sobre ella y al cabo de un par de minutos se colocó a su lado para no aplastarla.

Le acarició los brazos y los costados, como si quisiera tocarla por todas partes a la vez. Todavía lo sentía dentro, presionando sus rincones más sensibles.

—Matt, oh, oh.

Y así, sin apenas movimiento, se volvió a correr.

«Cuatro veces, tal y como prometió», pensó, antes de quedarse dormida.

En la distancia, se oía una canción sobre piratas. Matt le estaba acariciando la mejilla y era una sensación muy agradable.

«No pares nunca».

—¡Henry! —exclamó abriendo los ojos de par en par—. ¿Qué hora es?

—Está bien, he puesto la alarma. Son las once y media. Será mejor que nos vistamos y nos pongamos en marcha.

La besó dulcemente y se volvió para apagar la alarma. La canción de piratas dejó de sonar.

—Estás muy sexy cuando roncas. He debido de hacerte unas cien fotos mientras dormías.

—No.

—Es broma, no te he hecho ninguna, pero no sería por falta de ganas.

¿Qué obsesión tenía con hacerles fotos a Henry y a ella?

Una vez vestidos, la tomó de la mano y no la soltó hasta que se metieron en el coche. Apenas hablaron durante el trayecto.

—Te acompaño —anunció Matt al detener el coche delante de su casa.

—No, no hace falta. Entraré de puntillas y le diré a la niñera que se vaya.

La tomó de la mano como si no quisiera dejarla marchar.

—Estaré aquí a primera hora. Tengo planes, grandes planes. Dile a Henry que se ponga una camiseta de superhéroe.

—Le va a hacer mucha ilusión. ¿Y yo qué me pongo?

—Vaqueros y calzado cómodo. Y llévate también un jersey —dijo y miró la hora—. Las doce y uno. Será mejor que entres.

Estaba empezando su último día en Plunder Cove. Julia se inclinó, le dio un beso rápido y salió del coche antes de que las lágrimas lo echaran todo a perder.

Capítulo Quince

No había amanecido todavía y Matt no podía esperar. Estaba ante la puerta de Julia y llamó con los nudillos. Oyó ruido en el interior.

—Cariño, soy yo.

—¿Qué hora es? Todavía no estoy vestida.

—Bien.

Abrió lentamente. Estaba despeinada y sin maquillar. Llevaba una camiseta gris sin tirantes que dejaba adivinar sus preciosas curvas y unos pantalones de seda cortos de color rosa.

Matt tenía en la mano un ramo de flores salvajes, el doble de grande que el del día anterior.

—Venga, aplástalas.

Ella sonrió, lo tomó del cuello de la camisa y lo atrajo. Las flores acabaron aplastadas entre sus cuerpos.

—Buenos días —dijo cuando lo soltó para tomar aliento.

—Creo que este va a ser nuestro ritual al amanecer.

—Hoy es nuestro último día juntos.

Se quedaron mirándose intensamente a los ojos. Matt deseó hundirse en lo más profundo para no volver a salir. Luego la besó en los labios con suavidad.

—Entonces, disfrutémoslo.

–¿Café? –preguntó ella con voz quebrada.

–Por favor.

Matt tomó asiento en la cocina y la observó preparar el café.

–Anoche te eché de menos –dijo tirando de ella hasta sentarla en su regazo–. Me hubiera gustado que no te fueras.

Julia recostó la cabeza en su hombro.

–Yo también te he echado de menos, pero no podía dejar a Henry solo.

–Lo entiendo y…

–¿Qué hora es? –preguntó Henry, apareciendo en la cocina en pijama.

–Todavía no ha amanecido –dijo Matt–. Ve a vestirte, Henry. Hemos planeado una gran aventura, algo que hace Superman.

–¿Qué? ¡No me lo puedo creer! ¿Vamos a volar?

El rostro del pequeño se iluminó y Matt sonrió.

–Tal vez.

–¡Yupi! –exclamó Henry, soltando un puño al aire–. ¿En qué avión vamos a montar, en el nuevo del señor Harper?

–Tengo que ver cuál está disponible. Ve a vestirte, lávate los dientes y mueve el culo. Ya sabes, haz todo lo que hacéis los niños.

Henry estaba apunto de salir de la cocina y se dio la vuelta.

–¿Así? –dijo sacudiendo el trasero.

–Sí –contestó Matt imitándolo.

Julia puso los ojos en blanco.

–Vaya. ¿Podéis dejar de hacer tonterías en la cocina?

Matt rio. Estaba disfrutando de aquella escena familiar.

—Será mejor que tú también te vistas. Tengo hambre y me muero por desayunar.

Luego hizo amago de darle una cachetada en el trasero, pero detuvo la mano a tiempo. Ella se volvió y le dirigió una mirada ardiente.

—¿Estás intentando provocar algo, Matt Harper?

—Quizá.

Qué demonios, con aquel gesto, ya lo había conseguido.

Cuando Henry y Julia salieron de la cocina, Matt se sintió perdido, como si se hubiera abierto un agujero en su mundo y todo lo bueno hubiera desaparecido. Se sentó en la pequeña mesa de la cocina y miró a su alrededor. A pesar de lo abarrotada que estaba, se sentía más a gusto allí que en cualquier otro sitio, y esa sensación lo entristeció. Su sitio no estaba allí. Tenía que marcharse y dejar atrás aquello.

Una hora más tarde sobrevolaban el océano. Henry iba en el asiento de atrás, intentando mirar por la ventanilla a la vez que jugaba con los auriculares, y Julia en el del copiloto, atenta a todo.

Matt ocupaba el asiento del piloto y estaba disfrutando de cada segundo. Le encantaba volar. Apenas hacía dos días que no surcaba los cielos y ya lo echaba de menos. La sensación de despegar y dejar en tierra los problemas era adictiva. No quería pararse a pensar por qué tenía tantas ganas de compartir aquello con Julia y Henry.

Hacía un día estupendo para volar. El océano Pacífico estaba de un intenso color azul con vetas turquesas y los tonos naranja y amarillo salpicaban el cielo mientras amanecía. Apenas había viento.

–Mira abajo, Henry. Ahí está Casa Larga –dijo Matt mientras trazaba un círculo sobre la mansión–. Saluda al viejo Harper.

–No lo veo.

–Eso es porque está en su trono o encerrando a gente en la mazmorra.

–¡Matt! Está de broma, Henry –dijo Julia a través de los auriculares.

–¿Adónde vamos? –preguntó el niño apenas un minuto después.

–A Santa Bárbara. Tardaremos una media hora. No dejes de mirar la costa, enseguida verás unas montañas. Eso querrá decir que faltará poco para llegar.

–¿Qué hay en Santa Bárbara? –preguntó Henry.

–El desayuno –dijo Matt, acariciándose la barriga.

–¿Podemos volar antes por encima de mi casa? –pidió Henry.

–Dalo por hecho.

Matt dibujó un ocho en el cielo y regresó.

–Te gusta esto, ¿verdad?

No supo interpretar su expresión. Parecía una extraña mezcla de tristeza y admiración.

–¿El qué, volar? Me encanta, nací para esto. Es lo único que se me da bien.

–Yo diría que hay algunas otras cosas que se te dan bien –comentó Julia, y se sonrojó.

–Cariño, después de desayunar intentaré batir mi récord.

Ella se mordió el labio.

–Sí, por favor.

–¡Ahí está! –gritó Henry–. Vaya, qué pequeño se ve el pueblo.

–El tamaño no es lo que importa –terció Matt y guiñó un ojo a Julia.

–¿Sabes hacer algún truco?

–¿Truco?

–Sí, ya sabes: espirales, giros, caídas en picado…

–No, ni hablar de acrobacias –saltó Julia, negando con la cabeza.

–Estoy de acuerdo con tu madre. No creo que a RW le gustara que vomitaras en su avión.

–Está bien –dijo Henry cruzándose de brazos–. ¿Pero sabes hacer esas maniobras, verdad? Como si estuvieras en una guerra y hubiera hombres malos disparando al avión.

¿Qué quería saber el niño con aquellas preguntas?

–Si hubiera disparos, trataría de sortearlos como fuera para poneros a salvo. En las Fuerzas Aéreas me entrenaron para ser más rápido que los malos.

–Supongo que mi padre no lo hizo bien porque lo derribaron.

Julia emitió un sonido extraño y se quedó pálida. Su expresión era de pánico y apretó los puños.

–Lo siento mucho. Lo que más me gustaba de mi trabajo era salvar vidas. Me habría gustado dar con él por vosotros.

También deseaba atraer a Julia hacia él y besarla hasta borrar la tristeza de su rostro, hasta hacerle olvidar a cualquier otro hombre.

–Siento haberte traído malos recuerdos.

–No, no eres tú. Es solo que… Henry, tú…

Agitó la mano en el aire como para unir y dar sentido a sus palabras. Lo único que estaba claro era que seguía enamorada del padre de Henry y Matt nunca lograría cambiar eso.

Tenía que seguir adelante con su plan. Después de aquel fin de semana, se iría de allí para poner en marcha la línea aérea que siempre había querido. No era una opción abandonar el plan.

Media hora más tarde, Matt aterrizó el avión en el pequeño aeropuerto privado de Santa Bárbara.

–Un aterrizaje perfecto –dijo Julia.

–No podía haber sido más suave –comentó él arqueando una ceja.

Matt era un gran piloto. En su puesto, se le veía relajado y enérgico, cómodo a la vez que en alerta. Cruzaba los cielos de la misma manera que conducía la moto, como si formara un todo con la máquina. Su sitio estaba allí, con el viento, las nubes y el infinito cielo azul. Nunca antes lo había visto tan a gusto y eso la entristecía. Su vida no estaba en Plunder Cove. Si le obligaba a quedarse, perdería la libertad que tanto había deseado y la vida con la que siempre había soñado. ¿Cómo iba a hacerle eso? No podía.

–¿Estás bien? Estás muy callada –dijo Matt observándola.

–Estoy bien –mintió.

Era consciente de que apenas había dicho nada desde que Henry había mencionado a su padre. Con su reacción, Matt debía de haber pensado que había perdido la cabeza, y no se había equivocado. En ese instante, había estado a punto de confesarle que él era el padre de Henry.

Había empezado a considerar contarle la verdad, pero ¿cómo y cuándo? Después de haberle dicho que el padre de Henry había muerto tiroteado en Afganistán, le resultaba difícil. ¿Se vería acorralado? ¿Se sentiría obligado a renunciar a sus sueños? ¿Se encariñaría con su hijo?

¿O se iría de Plunder Cove?

El corazón se le encogió.

—¿Podemos bajar ya? —preguntó Henry, interrumpiendo sus pensamientos.

—Sí —le contestó Matt, sin dejar de observar a Julia—. ¿Lista?

No, no estaba lista. No tenía ni idea de qué era lo que iba a hacer.

—Sí, claro, vamos.

Capítulo Dieciséis

De vuelta en Plunder Cove, el teléfono de Angel sonó. Se sobresaltó porque apenas recibía llamadas y tardó tres timbres en encontrar el maldito aparato. En la pantalla se leía: *Número oculto*. Solo una persona lejos de Plunder Cove tenía su teléfono y le había dado instrucciones de que solo la llamara en caso de emergencia.

—¿Cristina?

—Sí, Angel, soy yo. Seré breve.

—¿Estás en apuros?

—No, no es por mí. Tengo miedo por ti.

—Cuéntame —dijo Angel, dejándose caer en un asiento.

—Un tipo vino por aquí y estuvo haciendo preguntas. Dijo que quería ayudarte, que buscaba información de Cuchillo, que sabía que fuisteis pareja. ¡Parecía un poli! Ya sabes cuánto le gusta a Cuchillo callarle la boca a los chivatos.

Sí, sabía eso y muchas cosas más que no la dejaban dormir por la noche.

—No he hablado con la policía, te prometí que no lo haría. No voy a poner a tu hijo ni a mi familia en peligro.

—Pues alguien ha hablado.

¿Por qué iba alguien a preguntar por ella después de tanto tiempo? A menos que...

–Ese tipo –dijo llevándose la mano a la frente–. ¿Era un detective?

–Eso dijo, pero tenía más pinta de policía.

RW debía de haber contratado a alguien para investigar a la banda. Eso era lo que pasaba por hablar de sus secretos. Todo empezó a darle vueltas.

–Bueno, olvidémoslo.

–Demasiado tarde. Le dije que le avisaría cuando la banda encontrara una pista para dar contigo.

La chica, ya toda una mujer, se quedó en silencio. Seguramente estaba comprobando que nadie la estuviera escuchando. La banda tenía oídos por todas partes.

–Creo que me vieron hablando con ese tipo porque… No sé, actúan de una manera diferente cuando estoy cerca.

Así que estaba en apuros.

–Escucha, Cristina, no corras peligro. Toma a tu pequeño y ven aquí. Estarás tranquila y a salvo.

–Ni hablar, no me has entendido, Angel. Ya es demasiado tarde.

–¿Por qué?

–Porque está muerto.

Julia sintió que el suelo se abría bajo sus pies. No hacía falta que Cristina le dijera que la banda lo había torturado hasta la muerte para obtener la información.

Habían dado con ella y la buscarían.

RW llamó a la puerta de Angel. Llevaba flores y una botella de vino. Pero no le abría. Oyó ruido en la parte de atrás de la casa y hacia allí se dirigió.

Angel estaba en el cobertizo, buscando algo en el estante más alto, y se quedó unos segundos contemplándola. Cuánto le gustaban aquellas curvas.

–¿Te ayudo? –preguntó.

Ella se sobresaltó y soltó un grito, empuñando una azada a modo de arma.

–¡RW! Me has asustado.

–Ya lo veo. ¿Puedo acercarme?

–Sí, lo siento –respondió bajando la azada.

Pero no esbozó aquella deliciosa sonrisa a la que lo tenía acostumbrado ni su mirada se iluminó. De hecho, se veían pequeñas arrugas de preocupación alrededor de la boca. RW bajó la cabeza y besó cada una de aquellas arrugas.

Ella suspiró, lo rodeó por el cuello y lo besó apasionadamente. En sus ojos marrones había miedo y su gesto era tenso.

–¿Estás haciendo las maletas? –preguntó RW al ver cajas detrás de ella.

–Tenemos que hablar –dijo Angel, y lo tomó de la mano para volver a la casa–. ¿Quieres beber algo?

–¿Voy a necesitarlo? –bromeó, tratando de mantener la calma.

–Tal vez.

Abrió la botella de vino que él había llevado, se echó un poco en una copa y a él le sirvió agua mineral. Luego, brindaron y se sentaron en el sofá.

–¿Qué está pasando?

Julia dio un sorbo a su vino antes de contestar. Tenía un nudo en la garganta.

–¿Has contratado a un detective para que vaya a Los Ángeles e indague acerca de mi pasado?

–Quería conseguir información para protegerte, Angel. ¿No quieres dejar de huir?

–Sí, daría cualquier cosa por quedarme a vivir aquí para siempre contigo. Todo menos mi familia.

Aquella contestación le gustó, excepto la angustia de su voz.

–Estos últimos años contigo, RW, han sido… –dijo y empezó a llorar–. Me has dado más de lo que me merezco.

Le quitó la copa de la mano y la atrajo hacia él, haciéndole apoyar la cabeza en el pecho.

–En eso te equivocas. Me has dado alegría, me has hecho cambiar, y eso es mucho más de lo que un hombre como yo podría esperar. Cuéntame qué pasa.

–El detective que mandaste a Los Ángeles, lo han matado.

RW cerró los ojos y exhaló por la boca.

–Qué hijos de puta.

–Por mi culpa, otro hombre ha muerto.

La obligó a levantar la cabeza y besó sus lágrimas.

–Es culpa mía, no tuya, pero les haremos pagar. No se van a salir con la suya.

–No, ¿no lo ves? No puedo ponerte en peligro a ti ni a ninguna de las personas que quiero por mis errores. Cuchillo es problema mío, no tuyo. Fui parte de esa banda hasta que me di cuenta de lo que eran capaces de hacer. Huí para salvar a mi familia. Esto es cosa mía.

–¿Por qué es error tuyo? Eras una niña que vivía en las calles cuando esa banda te encontró. Tenías trece años, estabas sola y asustada. Te acogieron y te protegieron como si fueran tu familia. No hay nada malo en eso. Cuchillo se aprovechó de tu situación y de tu gran corazón. Te robó la inocencia y te hizo presenciar cosas horribles para que no fueras. Tuviste muchas agallas para huir. Ese cabrón se merece estar entre rejas de por vida.

—Pero no puedo detenerlo, nadie puede.

—Yo sí. Tengo contactos, dinero y poder. Nunca antes se las ha visto con alguien como yo. Déjame que arregle esto.

Se llevó la mano a la boca, pensativa. Él le tomó la otra mano y le besó la palma.

—Por favor, Angel, te necesito. Quiero casarme contigo. Quiero que vivamos felices rodeados de nuestros hijos y nietos. Déjame que por esta vez sea tu salvador.

—No quiero poner en peligro a tu familia también.

—Hay vigilantes por todas partes. No vamos a permitir que se acerquen a Plunder Cove, te lo prometo.

Ella suspiró.

—Lo siento, RW. Sé que tus intenciones son buenas, pero no puedo permitir que nadie sufra por mi culpa. Si me entero de que vienen, me iré de Plunder Cove por el bien de todos.

Capítulo Diecisiete

Alquilaron un coche y comieron en un pinto-
resco restaurante de Santa Bárbara.

–¿Cómo se llama esto que estamos desayunan-
do? –preguntó Henry con la boca llena.

–Es un gofre belga *á la mode* –contestó Matt–.
¿Te gusta?

–¿Helado para desayunar? Me encanta –dijo
Henry tomando otro bocado.

Julia se recostó en él, sonriendo. Matt sintió su
calor y tomó su mano entre la suya. Quería tenerla
para siempre. Aquel día apenas había empezado y
ya era muy especial para él.

–¿Qué tiene que ver echar el lazo con casarse?
–preguntó Henry.

Julia se quedó de piedra y palideció al igual que
le había pasado en el avión cuando Henry le había
preguntado por su padre.

–Oh, Henry. No vamos a…

–Algunos hombres se consideran cazados cuando se casan –dijo Matt interrumpiéndola e hizo
como si tuviera una cuerda alrededor del cuello
apretándole.

Henry rio y Julia permaneció en silencio.

–Yo no –añadió mirando a Julia y la tomó de la
mano–. Verás, una cuerda es fuerte, muy fuerte,
¿verdad? Cuando haces un nudo con ella, ocurre

un milagro. Cuando las fibras se unen de esta manera –explicó y levantó su mano entrelazada con la de Julia–, nace un vínculo indestructible, algo más fuerte y mejor. Por eso le pedí a tu madre hace mucho tiempo que se casara conmigo. Estaba convencido de que con ella conquistaría el mundo.

La miró a los ojos. ¿Era consciente de la intensidad de sus sentimientos?

Una lágrima comenzó a rodarle por la mejilla a Julia. ¿Por qué? ¿En qué estaba pensando? ¿Estaba preparado para escuchar de sus labios que solo había amado a un hombre y ese era el padre de Henry?

–Pero el matrimonio no es para todo el mundo –continuó y se encogió de hombros–. No me siento mal por ello y tú tampoco deberías. La vida es corta. Disfrutemos lo que tenemos.

–Gracias.

–¿Por qué?

–Por quererme en aquel entonces y por este fin de semana.

Le besó la mano, incapaz de soportar la intensidad de los sentimientos que lo invadían en aquel momento.

–¿A quién le apetece dar un paseo en birlocho?

–¡A mí! –gritó Henry entusiasmado–. Pero ¿qué es un birlocho? ¿Puedo conducirlo?

Después de aterrizar en Plunder Cove, los tres se apretujaron en el horrible y feo coche de Julia. Su Nissan Cube verde lima se veía patético en el aparcamiento privado de RW junto a aquellos impresionantes aviones. Era un recordatorio más de lo diferente que era su vida de la de Matt.

De joven apenas había reparado en lo pobre que era su familia y a Matt no había parecido importarle. Siempre la había tratado de una manera especial. Era increíble la facilidad con la que había encajado en su vida teniendo en cuenta que provenía de una familia muy rica.

Julia se obligó a apartar aquellos pensamientos de la cabeza. Una vez llegaron al pueblo, tomó la primera calle y la recorrió hasta que se acabó el asfalto. Aparcó en el camino de tierra y sacó unos prismáticos del maletero. Había un banco de niebla a lo lejos y soplaba la brisa marina.

–Sígueme. Sé donde están los nidos, pero no vamos a acercarnos a ellos, te lo prometo.

–¿Sabes lo sexy que estás en este momento? Pareces un cruce entre un zoólogo y un sheriff.

–¿Y a cuál de los dos preferirías? –preguntó ella sonriendo.

–A cualquiera, siempre que seas tú –le susurró al oído.

A Julia se le encogió el corazón. Apenas les quedaban unas horas juntos. Cruzaron el camino y se adentraron entre la hierba alta, deteniéndose ante un letrero.

–Hace un año coloqué varios carteles aquí, avisando del peligro de extinción de los chorlitos.

No podía impedir que la gente paseara por allí, pero al menos esperaba que sus avisos sirvieran para que los que accedieran a la playa desde allí fueran más cuidadosos. Hasta que no consiguiera alguna medida legal, era lo único que podía hacer.

RW hizo que sus hombres los quitaran y consiguió una orden de alejamiento. Tu familia siempre ha permitido que se accediera por aquí a la playa, pero colocar carteles no está permitido.

–¿Qué hiciste?

–Puse más. Y volvieron a quitarlas. Este es el último cartel que queda hasta que pueda reunir dinero para colocar más. Me he quedado sin ahorros después de comprar los libros de la universidad.

–Cuenta conmigo. ¿Cómo puedo contribuir para comprar carteles?

Matt le acarició el hombro. Nadie la había hecho sentir tan importante y sexy a la vez.

–Mamá, ¿puedo mirar por los prismáticos? –preguntó Henry.

–Claro –contestó y se quitó la correa del cuello.

Le temblaban ligeramente las manos, probablemente por la cercanía de Matt. Él era la única persona, además de Henry, que había accedido a ir con ella hasta allí para ver las aves. Su familia y amigos pensaban que estaba loca. El resto de la gente la odiaba por pretender restringir el acceso a la playa.

–Podemos quedarnos aquí. Hablad bajito para no asustar a las hembras. ¡Mirad! ¿Veis aquel pájaro de color gris parduzco con el pecho blanco? Es un chorlito.

Con sus gafas de aviador puestas, Matt miró hacia donde señalaba.

–Sí, lo veo. Es muy pequeño.

–Cada uno pesa unos cincuenta gramos y llegan a medir unos quince centímetros. Hay unos dos mil chorlitos a lo largo de la costa del Pacífico puesto que su hábitat ha sido destruido por las construcciones. Quedan unas veintiocho zonas de anidación. Cuando la gente pasea o monta a caballo por la playa en la época de reproducción, se aplastan huevos y crías sin que nadie lo advierta. Por eso están desapareciendo. Hay especies en peligro de extinción delante de nuestros propios ojos y nadie… —dijo y su voz se quebró—, nadie parece dispuesto a ayudarme.

Antes de darse cuenta de lo que estaba pasando, la hizo darse la vuelta y la besó. Ella se refugió en sus fuertes brazos y buscó sus labios. En aquel momento, no estaba asustada ni preocupada por proteger su corazón ante su inminente marcha.

Otra vez eran Matt y Julia contra el mundo.

—Escucha, no estás sola, lo sabes, ¿verdad?

No, se sentía peor que estando sola. Era feliz, pero sabía que era una sensación pasajera. La había sacado de las tinieblas con su luz y calidez y al día siguiente se iría. ¿Cómo soportaría volver a perderlo otra vez?

—Veo un nido —susurró Henry.

—¿Dónde?

Matt la soltó, llevándose su calor. Enseguida sintió que el frío se instalaba en sus huesos y respiró hondo para tranquilizarse.

—¿Me dejas los prismáticos un momento, Henry?

—Allí hay un montículo en la tierra. Huevos, ¿no?

—Buen trabajo —dijo ella mirando hacia donde le señalaba—. Sí, eso es un nido. Mira, Matt, echa un vistazo.

Tomó los prismáticos y enfocó.

–A ver… Ah, sí, ya veo los huevos.

Apartó los prismáticos de los ojos y volvió a mirar.

–¿Qué pasa? –preguntó Julia.

–Veo marcas de tractores cerca de la zona de cría –dijo enfadado–. RW ha estado aquí.

Volvió a mirar a través de los prismáticos y oteó el océano.

–Veo dos barcos, allí.

Julia miró hacia donde señalaba.

–Ah, sí, ya los veo. ¿Quiénes son?

–Los matones de papá.

–¿Qué están haciendo ahí? –preguntó Henry.

–Supongo que impedir cualquier intento de detener la construcción. En cuanto nos vean, pedirán refuerzos. Pero nosotros atacaremos primero.

A Julia aquello no le gustaba.

–Genial, vamos a por ellos.

–Pase lo que pase, Henry, no quiero que participes.

Matt sacó su móvil del bolsillo.

–Voy a llamar a mi hermano. Tal vez podamos reventar la reunión que RW tiene con el constructor –explicó mientras marcaba–. Sí, soy yo. Estoy cerca de la playa. ¿Cuándo es la reunión con el constructor? Bien, ahí estaré –dijo y colgó–. Muy bien, equipo. Volvamos al batimóvil. Tenemos unos animales a los que salvar.

Jeff se encontró con ellos en la entrada principal de Casa Larga.

–Ya están todos aquí.

Matt percibió el nerviosismo de Julia. No sabían cómo acabaría aquello y tal vez deberían haber dejado a Henry en casa.

Pero Matt había querido darle aquella victoria antes de que se separaran.

–Están en el salón. ¿Cuál es el plan? –preguntó Jeff.

–Impedirle que haga lo que quiere –contestó Matt.

–Muy bien, vamos.

Irrumpieron en el salón como si fueran los dueños de la mansión. RW estaba inclinado sobre unos planos desplegados ante él, al lado de un hombre canoso. Detrás, dos colaboradores algo más jóvenes esperaban dispuestos para intervenir.

–¿Qué está pasando aquí? –preguntó RW levantando la mirada.

Matt dio un paso al frente y vio los planos de un edificio bastante grande.

–Así que este es tu plan secreto. ¿Creías que no nos íbamos a dar cuenta?

–¿Cómo? ¿Quién os lo ha dicho?

–¡Tenemos ojos! –exclamó Matt furioso–. ¿Crees que somos estúpidos?

–Dejadnos –ordenó RW al equipo de la empresa constructora.

Los tres hombres abandonaron rápidamente la habitación y cerraron la puerta al salir.

–Tenéis que prometerme que no vais a contarle a nadie lo que voy a deciros –dijo RW–. Angel podría estar en peligro si se descubre que está aquí. Podrían matarla. ¡Prométedmelo!

RW no estaba enfadado. No. Lo que Matt veía en sus ojos era desesperación. Angel era la mujer que lo había salvado de la muerte, ¿no? ¿Sería por eso por lo que RW tenía a aquellos matones patrullando en barcos? ¿Qué tenía eso que ver con los chorlitos?

–Queremos saber qué se va a construir en la playa. ¿Qué va a ser: un bar, un puesto de alquiler de motos acuáticas? Maldita sea, papá, no puedes hacer eso, no puedes destruir el hábitat de los chorlitos.

RW abrió la boca para decir algo, pero la cerró y se sentó en la silla que tenía más cerca.

–Olvídate de lo que acabo de decir.

Pero eso era imposible. Matt se acercó, al igual que Jeff, pero Julia y Henry se quedaron donde estaban.

–¿Qué está pasando? –preguntó Matt.

–No puedo hablar y menos delante de ellos –contestó RW–. No tenéis ni idea de lo peligroso que es esto.

Matt miró a Jeff, que se encogió de hombros. Julia avanzó un paso.

–RW, por favor, no construya ahí. No hay nada que justifique la desaparición de una especie. Construya en otro terreno.

RW se quedó mirándola como si estuviera viendo un fantasma.

–Es el sitio perfecto para un colegio. A los niños les encantará.

–¿Qué? –dijo Matt.

–Tiene razón –intervino Jeff, que estaba estudiando los planos–. Es un colegio y, por lo que estoy viendo, tiene muy buena pinta.

161

–No lo entiendo –terció Julia–. ¿Va a construir un colegio en el pueblo?

RW sonrió por primera vez desde que habían entrado en el salón.

–¿Sabíais que los niños tienen que recorrer un trayecto en autobús de cuarenta minutos?

–Sí –respondió Henry–. Odio ese autobús. No tiene aire acondicionado y los asientos están rotos.

RW le hizo una señal a Henry para que se acercara.

–Eso es inaceptable. Y el colegio al que vas…

–Apesta –lo interrumpió el niño–. Tiene cien años y los profesores más.

–¡Henry!

–¿Qué, mamá? Es la verdad.

–Estoy de acuerdo con este joven. ¿Cómo se puede aprender algo en esas condiciones? Voy a construir un colegio en el pueblo y contrataré a los mejores profesores. Este joven amigo va a tener la mejor educación posible. No me vais a hacer cambiar de idea.

Jeff, Matt y Julia se miraron.

–Eso suena muy bien. ¿Quién no querría tener el colegio en la playa? Pero los niños también tenemos que aprender que hay que cuidar la naturaleza y las criaturas que viven en ella. ¿Podemos hacer eso también? –preguntó Henry.

Julia se llevó la mano al corazón y Matt sintió una fuerte emoción. Se sentía orgulloso del niño.

–Así que… ¿quieres que quite el colegio de la playa? –preguntó RW directamente a Henry.

–Sí, señor. Y gracias.

RW asintió.

–Muy bien, señorita Espinoza. Tal vez usted y yo podamos buscar juntos un sitio para construir ese colegio sin que perjudique a esas aves.

–Estaré encantada –dijo Julia sorprendida.

–Estupendo –asintió RW.

–Genial –exclamó Henry lanzando el puño al aire–. No es tan malo como dicen.

–No se lo digas a nadie, hijo –susurró RW riendo–. Espero que vengas a verme de vez en cuando –añadió revolviéndole el pelo al niño.

Matt nunca había visto a su padre tan relajado. Eran demasiadas cosas que asumir: el colegio, el guiño, la hospitalidad… La cabeza estaba a punto de estallarle. ¿Qué demonios le estaba pasando a su padre? Jeff, Julia y Henry se dispusieron a salir, pero Matt no se movió.

–Tenemos que hablar, papá.

–Sí, supongo. Tenemos que aclarar muchas cosas, pero he estado tan fastidiado…

RW sacudió la cabeza, incapaz de seguir hablando. Se le veía viejo y cansado.

–Yo también, papá. ¿Nos vemos esta noche?

RW asintió, se puso de pie y abrazó a Matt. Al parecer, los abrazos estaban de moda.

Matt corrió para alcanzar a Henry y a Julia.

–Parece un museo. No puedo creer que haya gente que viva ahí.

–No se parece en nada a tu casa. Tienes mucha suerte –dijo Matt.

–Sí, tienes razón. Aquí no se oye nada. No hay risas ni música ni bailes.

–A veces organizan bailes –dijo Julia sonriendo–. Y el que mejor bailaba era nuestro Capitán. Es toda una leyenda.

–Y me sé muchos más pasos –le susurró Matt al oído–, que todavía no has visto.

–Estoy deseando verlos.

–Luego, cuando estés desnuda.

Salieron y Matt sonrió como hacía cada vez que veía el horrible coche de Julia.

–Creo que me he equivocado con tu padre –dijo Julia nada más encender el motor.

–Tú y yo sabemos muy bien cómo era. No tengo ni idea de quién era ese hombre del salón, pero desde luego que no era el RW con el que crecí. Sea lo que sea que le ha hecho cambiar, parece que el pueblo va a beneficiarse.

El móvil de Julia empezó a sonar. Lo buscó en su bolso y lo sacó.

–¿Hola? –dijo y se quedó escuchando–. Sí, enseguida voy –añadió y después de colgar, se volvió hacia Matt–. Tía Nona quiere que paremos a verla de vuelta a casa.

–¿Va todo bien?

–No lo sé, parecía… preocupada. Me ha pedido que vayamos de inmediato.

Julia condujo a toda prisa y aparcó en el camino de acceso de la casa de tía Nona. Justo cuando iban a llamar a la puerta, la oyeron hablando en el interior.

–¡Angel se ha ido y ni siquiera se ha despedido! No puedo volver a perderla.

–La encontraremos –se oyó decir a tía Alana.

–Sí, como la última vez –intervino tía Flora.

Julia miró a Matt.

–¿Quién es esa Angel de la que están hablando?

–No lo sé, cariño, pero se ve que tus tías sí.

–¿Angel? –dijo Henry asomando la cabeza entre ellos–. Es su hermana.

Y sin decir nada más, abrió la puerta y entró sin llamar.

Julia tomó del brazo a Matt antes de que cruzara el umbral.

–¿Una hermana que no conozco, que está en apuros y tiene algo con tu padre? ¿Cómo puede ser posible?

–Vamos a averiguarlo –dijo él tomándola de la mano.

Capítulo Dieciocho

Julia sintió la tensión del ambiente nada más entrar en el pequeño salón. Nona se frotó los ojos enrojecidos, algo extraño en ella que siempre decía que tenía muy mal carácter como para llorar. Flora daba vueltas por la habitación y Alana estaba... ¿fumando? Junto al sofá, en el suelo, había una botella abierta de tequila.

–¿Qué pasa?

–Angel se ha ido –respondió tía Nona y se sonó la nariz–. Fui a su casa y está vacía. Tenemos que encontrarla.

–¿Angel? –preguntó Julia.

–Sí. Bueno, no la conoces, es una... una...

–Amiga –intervino tía Alana.

–Prima –dijo tía Flora.

–Vecina –concluyó tía Nona.

–Y a mí me dicen que no cuente mentiras –terció Henry.

–Henry, ¿por qué no te vas a casa de Anthony? Esta conversación es de adultos.

–Mamá...

–Vete.

Cuando Henry se fue, Matt tomó la palabra.

–Sabemos que Angel está en apuros. Eso es lo que nos ha contado mi padre, pero no sabemos más. Empecemos por ahí.

–Apuesto a que RW está muy afectado. La aprecia mucho. Ella le ha curado, ¿sabes?

No, Julia no lo sabía. Por el rabillo del ojo vio a Matt arquear las cejas, pero no dijo nada.

–¿Qué puedes contarnos de ella? –preguntó Julia.

–No mucho –contestó Nona–. Hemos prometido guardar el secreto.

–Por la banda que va tras ella –añadió Alana.

–Porque vio demasiado –concluyó Flora.

–Habría sido suficiente con decirle que Angel es nuestra hermana pequeña –afirmó Nona.

–¿Tenéis una hermana que vive aquí en el pueblo y no la conozco? ¿Cómo es posible? –preguntó Julia.

–Porque vive de incógnito –terció Flora.

–La banda ha debido de encontrarla, esa es la única razón para que se vaya. Tenemos que dar con ella antes de que ellos lo hagan –dijo Nona sollozando.

–Angel cree que así protege a su familia, pero sin ella estaremos perdidos –observó Alana.

–¿Qué hacemos? –preguntó Flora.

–Hablaré con mi padre –terció Matt–. Tiene unos hombres vigilando. Seguro que sabe adónde ha ido y sabrá qué hacer.

Flora se llevó la mano al pecho.

–¿Veis? Ese hombre ama a Angel, lo sabía.

–Le ha pedido que se case con él media docena de veces, pero lo rechaza por culpa de la banda.

–Y por Julia –asintió Flora.

–¿Qué pasa conmigo? –preguntó Julia.

–¡Nada! –exclamó Nona, dirigiendo una mirada

significativa a sus hermanas–. Adelante, Matthew, llama a tu padre. Tal vez ella pueda detenerla.

Matt salió de la casa para hacer la llamada. Fue una conversación extraña, llena de silencios, pero obtuvo las respuestas que quería. De vuelta al interior, vio cómo la expresión de Julia se iluminaba. Antes de que dijera nada, ya se había dado cuenta de que tenía buenas noticias. Así de bien se entendían. ¿Alguna vez encontraría a alguien con quien le pasara lo mismo?

–Mi padre dice que está bien, que pasará una temporada en un sitio seguro y que no hay de qué preocuparse.

Todas las mujeres suspiraron a la vez.

–Gracias –dijo Julia levantándose del sofá, y lo rodeó con sus brazos.

Delante de todos, le dio un beso. Él la abrazó con fuerza por la cintura. No quería soltarla.

–Qué buena pareja hacen. ¿Para cuándo la boda? –preguntó Flora con una sonrisa.

Matt bajó la vista y al ver la expresión de pánico de Julia, la soltó.

–No adelantemos acontecimientos –dijo Matt.

Julia se quedó pálida y frunció el ceño. Los ojos se le humedecieron.

–Matt tiene razón –afirmó apartándose de él–. A veces la gente se va porque es lo que tiene que hacer. Matt y yo no vamos a casarnos. Se marcha mañana. Su vida no está aquí. Tengo que… –añadió y abrió la puerta–. Voy a dar un paseo.

Sabía que no estaba preparada para despedirse.

Las emociones habían estado a flor de piel durante todo el fin de semana. No parecía haber futuro para ellos.

–¿Matthew?

La voz de Nona lo sacó de sus pensamientos. Se quedó paralizado. No podía pensar.

–¿Te acuerdas de que te dije que tenía algo que contarte?

Nona lo tomó de la mano y lo acompañó hasta una vieja butaca. Luego, le indicó que se sentara.

–Escúchame, Matthew Harper. Julia y tú estáis destinados a estar juntos de por vida.

–Pero quiere a otro.

–Eso no es cierto. Julia te quiere a ti por encima de todas las cosas. Siempre ha sido así, pero está asustada. Cuando te fuiste, lo pasó muy mal. Tiene miedo de entregarte su corazón otra vez porque, si vuelves a rompérselo, tal vez no logre superarlo una segunda vez. ¿Lo entiendes?

–Nunca le hice daño. ¿Por qué piensa así?

–Dímelo tú. Estas son las cartas que te escribió cuando te fuiste –dijo Nona entregándole un montó de cartas sujetas con un lazo rojo–. Hay cientos.

Se quedó sorprendido.

–Nunca me llegaron. Yo también le escribí todos los días hasta que se olvidó de mí, hasta que se casó con otro.

–¿Que se olvidó de ti? Nunca. Ella tampoco recibió ninguna carta tuya, hijo.

–Entonces… ¿quién se quedó las cartas?

Matt se pasó las manos por el pelo y de repente supo la respuesta. Solo había dos personas que no querían que estuvieran juntos y que le habían dicho a Julia que él había muerto.

–Mis padres.

–Yo también lo creo –dijo Nona apoyando una mano en el hombro de Matt–. Siempre han controlado el pueblo y seguramente también el correo.

Julia había pensado que lo había abandonado antes de morir.

–Por eso pasó página tan rápido.

No había sido su intención decir aquello en voz alta, pero se le escapó. Y por eso también él había pasado página. Llevaba toda su vida adulta empeñado en poner en marcha una línea aérea porque no había podido tener lo que realmente quería. De repente, la idea de aceptar la oferta de RW y quedarse en Plunder Cove no le parecía mala idea.

Nona lo besó en la cabeza.

–Todavía no ha pasado página, hijo. Te queda una oportunidad.

Salió corriendo de la casa en busca de Julia.

Julia llegó hasta la playa. Todo le recordaba a Matt: la arena blanca, las olas… Esa noche, cuando salieran las estrellas, él también estaría allí, haciéndole promesas que no podía cumplir.

Tenía el corazón destrozado, pero aún latía. Estaba viva y decidida a no caer en las tinieblas porque tenía un hijo y no podía fallarle. Podía hacerlo, podía despedirse de Matt Harper y seguir viviendo. Aunque iba a ser doloroso. Se quitó los zapatos y caminó por la arena.

Luego metió los pies en el agua fría y respiró muy hondo.

–Sabía que te encontraría aquí.

Se sentía demasiado dolida como para darse la vuelta.

–Julia, por favor.

El temblor en su voz la desarmó y se volvió hacia él. Matt abrió los brazos y ella apoyó la cabeza en el pecho. Trató de contener las lágrimas e inspiró su olor. A su lado, siempre encontraba la calma. Matt y Julia contra el mundo.

–Acabo de enterarme de que nunca recibiste mis cartas.

–Y seguro que tú tampoco recibiste las mías, las que te mandé antes de tu funeral.

–No –dijo y la tomó de la barbilla para que lo mirara a los ojos–. Siento mucho todo lo que has tenido que pasar. Yo no lo habría soportado. Eso demuestra lo fuerte que eres.

–No soy fuerte, Matt.

–Solo quería que supieras que ahora entiendo por qué seguiste con tu vida sin mí.

–Una parte de mí nunca lo superó.

–Lo mismo digo. Siempre te he tenido presente, Julia –dijo y la besó en la mejilla–. Te quiero, siempre te he querido.

¿Todavía la amaba? Se cubrió la boca con la mano y parpadeó para contener las lágrimas, incapaz de hablar.

–Alguien intervino nuestra correspondencia, apostaría a que fue mi madre.

–¿Tu madre?

–Sí, mi padre tenía sus propias preocupaciones.

Creo que fue ella la que se empeñó en separarnos. Era muy clasista. Y, sinceramente, seguro que estaba celosa de nosotros. Nunca supo amar y debió de perder el norte al vernos felices. Nunca fue una buena madre.

O tal vez sí. Julia comprendía muy bien las decisiones que conllevaba la maternidad para proteger a un hijo de una terrible equivocación.

–Quería protegerte, Matt. Tenías diecisiete años y un futuro brillante por delante. Ahora lo entiendo –dijo–. Henry es hijo tuyo. Es el mejor regalo que me has dado.

Matt se quedó de piedra.

–¿Es… mío?

–Henry Matthew Harper. Nunca me he acostado con otro. Eres su padre.

–¿Le pusiste mi nombre? Pero pensé que… Dijo que su padre había muerto en Afganistán… Vaya, así que todo el tiempo hablaba de mí, ¿no?

–Sí.

–Henry dijo que el único hombre al que has amado era… ¿Yo?

–Sí.

–¿De verdad no te has acostado con ningún otro?

–Después de todo lo que te he contado, ¿eso es lo único que te preocupa?

–Ni hablar, cariño. Acabo de enterarme de que soy el padre del mejor niño del mundo y que soy el gran amor de la mejor mujer del mundo. Lo que me preocupa es que llevo diez años sin hacerle el amor a la mujer de mi vida. Tenemos que empezar ya a recuperar el tiempo perdido.

La hizo tumbarse en la arena y la besó como si nunca fuera a parar. Luego le tomó el pecho por encima de la blusa y le acarició el pezón.

–Matt, todavía no se ha puesto el sol.

–¿Y?

Empujó su miembro erecto contra ella y Julia lo buscó con sus caderas.

–La gente puede vernos.

–¿Y?

Matt sonrió, se inclinó y le besó el pezón sobre la tela.

–Qué malo eres.

–Te voy a enseñar maldades. Quítate la blusa.

–Si pasa alguien, nos verá.

–Y también estas –dijo Matt deslizando la mano por debajo de sus pantalones cortos hasta llegar a las bragas.

–Matt.

–Julia, te voy a hacer el amor sobre la misma arena en la que una vez te pedí que te casaras conmigo y me dijiste que sí. El mismo sitio donde nos prometimos amor eterno. No me gusta faltar a mis promesas, cariño.

A continuación le quitó los pantalones junto con las bragas.

–¿Quieres correrte tres veces?

–¿Solo tres?

–Me estás volviendo loco. No puedo seguir esperando a que te decidas.

Julia le acarició la erección por encima de los vaqueros.

–Estoy deseando sentirte dentro, date prisa.

Matt se bajó la cremallera del pantalón, la tomó

por las caderas y se hundió en ella. La sensación era maravillosa. Cuando empezó a moverse, ella se acompasó a su ritmo y gritó, olvidándose de que estaban en un lugar público. Si el sheriff pasaba por allí en aquel momento, podía detenerlos por conducta inmoral.

Matt la besó, ahogando sus gemidos. Luego volvió a tomarla de las caderas y la embistió más rápido y con más fuerza. Resultaba difícil respirar.

Julia volvió a gritar y se aferró a su trasero. Unas cuantas embestidas más y se correría por tercera vez. ¿Cómo lo hacía?

Rodó a su lado para mirarla mientras se subía a toda prisa los pantalones y se ponía la blusa.

Él rio y se abrochó los pantalones, antes de besarla en la punta de la nariz.

—Te quiero, Julia. Siempre te he querido.

—Te quiero, chico malo. Voy a pasarlo mal cuando te vayas, pero lo entiendo. De verdad. Te espera una vida lejos de aquí. Tienes una línea aérea de la que ocuparte. Estás a punto de alcanzar tus sueños.

—Julia, no voy a dejarte a ti ni a mi hijo. Os quiero a los dos. Ven conmigo.

Julia sintió deseos de llorar de felicidad a la vez que de pena.

—No podemos. Henry tiene su colegio y mi familia está aquí. Estarás volando por todo el mundo y estaremos solos en un sitio desconocido. Eso no es bueno para un niño como Henry. ¿Y mis estudios? Quiero ser abogada.

—Tiene que haber una manera de que esto funcione —dijo él frotándose el cuello.

Toda la magia previa se desvaneció y Julia em-

174

pezó a llorar. Había encontrado el amor, pero no podía tenerlo.

–¿Cómo? –preguntó ella–. Si te quedas, tendrás que vivir cerca de RW. Odias Plunder Cove por él. No puedo pedirte que te quedes y mucho menos que renuncies a tu sueño de tener tu propia línea aérea. No pudo quitarte eso.

Matt no dijo nada, pero en sus ojos se adivinaba su dolor.

–Te he visto allí arriba. Volar es tu pasión, tu vida. Quiero que seas feliz. Te lo mereces, Matt.

–¿Y Henry?

–No se lo diremos. Su padre murió antes de que naciera. ¿Por qué hacerle pasar por una situación tan confusa?

–¡No! No quiero ser un padre ausente. Quiero…

–Todo, lo sé. Pero como padre, tienes que hacer lo mejor para tu hijo. Por eso no voy a pedirte que te quedes, por mucho que necesite… –dijo y su voz se quebró–. No depende de mí. Creo que es lo mejor para Henry y para ti.

–¡Maldita sea, no! –exclamó poniéndose de pie–. ¿Es que mi opinión no cuenta?

Julia tomó su mano y se la besó.

–No quiero estropear tu vida. Por favor, Matt, piensa qué es mejor para ti: Asia o Plunder Cove –dijo y se levantó también–. Te quiero tanto, que estoy dispuesta a dejarte marchar.

Capítulo Diecinueve

Matt iba caminado por la calle cuando Alfred detuvo el coche a su lado.

—¿Necesitas que te lleve?

Por primera vez en su vida le apetecía caminar. No podía dejar de pensar en lo que había pasado en la playa. Había tenido a la mujer a la que amaba entre sus brazos, le había entregado su corazón, tenía un hijo y Julia le había dicho que lo amaba.

¿Cómo podía siquiera sugerirle que se fuera? Lo peor de todo era que tenía razón.

Quería irse a Asia a volar con sus aviones. Era lo que le había ayudado en Afganistán cada vez que pensaba que Julia se había casado con otro. Pero eso había sido hasta reencontrarse con Julia dos días antes y descubrir lo que había pasado entre ellos hacía diez años.

Quería volver a tenerla en su vida. Ella lo amaba. Si añadía a Henry a la ecuación, Matt se sentía el hombre más feliz de la tierra. Sacudió la cabeza y volvió a la realidad.

«Dios mío, tengo una familia».

¿Cómo dejarlos? Si pudiera llevárselos a Asia, todo sería perfecto. Aunque no para ellos. ¿Y quién decía que no podía dirigir una línea aérea desde California? Podía tenerlo todo y permanecer junto a Julia y Henry.

No quería ser un egoísta como su padre. RW siempre había antepuesto Industrias Harper a todo. Matt nunca había sentido que sus hermanos y él fueran importantes. Haría las cosas de manera diferente. Pero para poder quedarse en Plunder Cove, antes tenía que arreglar las cosas con su padre de una vez por todas.

—¿Entonces no quieres que te lleve? –preguntó Alfred, interrumpiendo sus pensamientos.

Matt sacudió la cabeza.

—Yo conduciré.

Matt llamó a la puerta del estudio de su padre.

—Papá, ¿estás aquí?

RW abrió.

—Pasa, Matthew. ¿Quieres tomar algo? Pareces cansado.

—Me vendría bien una cerveza.

—Siéntate –dijo señalándole el sofá de cuero, y le dio a su hijo una cerveza que sacó de un minibar–. ¿Qué te preocupa, hijo?

Matt dio un trago antes de plantear la pregunta.

—Papá, ¿sabías que Henry es mi hijo?

—Es guapo e inteligente y tiene tus ojos. Por supuesto que es un Harper.

—¿Es por eso que vas a construir ese colegio?

—No puedo permitir que mi nieto pierda ochenta minutos al día en el autobús. Tampoco me gusta la educación de ese colegio. Henry y sus amigos se merecen lo mejor.

—¿Cuánto hace que lo sabes?

–No mucho. Angel me abrió los ojos, así que investigué un poco por mi cuenta.

Otra vez Angel.

–¿Dónde está?

–A salvo. Está fuera de escena hasta que las cosas se calmen.

–Dile que sus hermanas están muy preocupadas por ella.

–Lo haré, hijo. Todo va a salir bien. Estoy dispuesto a hacer todo lo que haga falta por protegerla.

Matt se recostó en el sofá y cruzó los brazos por detrás de la cabeza.

–Siento lo mismo por Julia, pero quiere que me vaya de Plunder Cove, que siga con mi vida y que me olvide de que tengo un hijo y una familia aquí.

–Eso no es típico en ella. ¿Qué has hecho?

–¿Yo? ¿Por qué das por sentado que he hecho algo?

–Lo siento, no es eso lo que quería decir. Cuéntame por qué quiere que te vayas.

¿RW disculpándose? Era la primera vez que oía una disculpa de su padre.

–Dice que me corresponde a mí decidir si quedarme o marcharme. Sabe que quiero tener mi propia aerolínea, pero no quiere irse a vivir a Asia con Henry. No creo que se sintieran a gusto allí. Le preocupa que si me quedo, con el tiempo acabe odiándola por poner límites a mi vida.

–Es una mujer inteligente –afirmó RW–. Pero hay otra posibilidad que seguramente se te ha ocurrido. Podrías quedarte aquí y dirigir una línea aérea para Industrias Harper. Tendrías rienda suelta para volar cuándo y adónde quieras. Incluso podrías llegar a un acuerdo con el servicio forestal para participar en misiones de búsqueda y rescate, ya que tengo entendido que eso es lo que más te gusta. ¿Qué te parece?

Su padre parecía empeñado en convencerlo.

–¿Por qué quieres que me quede, papá? No lo entiendo.

–Porque he sido un mal padre y te mereces lo mejor. Quiero compensarte ahora que todavía puedo.

–No sé qué decir.

–Convertí tu vida en un infierno. Lo siento, Matthew –dijo e hizo una pausa antes de continuar–. Estaba enfrascado en expandir la compañía de mi padre y frenar a la competencia, y no paraba de discutir con tu madre. No estaba a gusto en ningún sitio. Tampoco sabía que estaba enfermo y que esa enfermedad casi acaba conmigo. Estaba al borde de la paranoia cuando os mandé fuera a tus hermanos y a ti. No espero que me perdones, pero me gustaría que algún día pudiera volver a formar parte de tu vida. Quiero darte lo que necesites, si no por ti, al menos por tu hijo.

RW tomó un sorbo de agua. Las manos le temblaban.

Matt se quedó asombrado ante su disculpa y se dio cuenta de que era su turno.

–Bueno, echando la vista atrás, tengo que reconocer que no todo fue culpa tuya. Pasé una mala racha. Supongo que mi comportamiento y tu enfermedad no fueron una buena combinación. Asumo mi parte de culpa por lo que pasó.

–Ahora ya estoy curado, hijo. No te preocupes. No fue fácil controlar a un adolescente que disfrutaba sacándome de quicio.

–¿No es eso lo que hacen todos los adolescentes? –dijo Matt sonriendo–. Ordenarme que no siguiera viendo a Julia fue un gran error. Es verdad que solo tenía diecisiete años, pero la quería mucho. Tu amenaza me ha perseguido durante diez años. Lo que hiciste cambió nuestras vidas. Supongo que ya no piensas en dar a conocer aquellos secretos de su familia, ¿verdad?

–Esos secretos no son míos. Algún día la verdad se sabrá, pero solo cuando Angel quiera hacerlo. En ese momento, estaré a su lado para protegerla.

–Parece una mujer increíble. Espero conocerla algún día.

–Eso será si ella quiere. Ahora mismo es ella la que lleva la iniciativa porque está en apuros. También es la razón de que todos estemos aquí juntos en Plunder Cove. Gracias a ella soy una persona mejor. Me ayudó con el tratamiento y me enseñó a tener esperanzas. ¿Sabes qué preocupaciones no me dejan dormir por la noche?

–¿El precio de las acciones?

RW sacudió la cabeza.

–Saber si tendré un final feliz, si podré enmendar el pasado. Estas son las cosas que lucho por conseguir: el perdón y el amor. No me merezco ninguna de las dos, pero sigo intentando conseguirlas.

Matt se quedó mirando a su padre y se dio cuenta de que apenas lo conocía.

–¿Quieres un consejo de un hombre que ha estado en las trincheras? –preguntó RW.

–Claro.

–Una mujer que te quiere por encima de todas las cosas no es fácil de encontrar. En especial si está dispuesta a sacrificar su propia felicidad para que puedas encontrar la tuya –dijo RW e, inclinándose hacia delante, puso una mano en la rodilla de Matt–. Encuentra a tu ángel y aférrate a él. Después, reza para que todo salga bien.

–Gracias, papá.

–Maldita sea, hijo. ¿Por qué sigues aquí sentado con tu padre? Vamos, vete.

Julia reconoció los pasos de Matt en su puerta. Con el corazón en la garganta, abrió y se sorprendió al verlo de rodillas, con un pollito en las manos.

–¿Pero qué…?

–Julia Espinoza, ¿quieres…?

La puerta de al lado se abrió y tía Nona asomó la cabeza.

–Estoy cuidando al bebé. ¿Qué estás haciendo en el porche, Matthew?

–No pasa nada, tía. Vuelve dentro –dijo Julia.

Matt volvió a intentarlo.

–Julia Espinoza…

–María, ese es su segundo nombre –intervino tía Nona.

–Está bien. Julia María Espinoza, ¿quieres…?

–¿Dónde está el anillo? –preguntó tía Flora desde su ventana.

–No he tenido tiempo para buscar un anillo –dijo Matt levantando el pollito–, así que he tomado este pollito del gallinero de Casa Larga. Sé cuánto te gustan las aves. Las joyas pueden esperar.

Henry asomó la cabeza por la puerta.

—Hola, Matt, ¿qué estás haciendo de rodillas con un pollito en las manos? ¿Te has caído? ¿Necesitas ayuda para levantarte? —preguntó el niño e hizo amago de acercarse.

—¡No! —gritaron las tías al unísono.

—Deja al hombre que hable —dijo tía Nona.

Matt miró a su alrededor y vio a medio pueblo mirándolo, pero no se inmutó. Se volvió hacia Julia y puso toda su atención en ella.

—Eres preciosa, dulce y picante, fuerte y tierna. El día que pasé con mi bicicleta por delante de la cafetería de Juanita, supe que serías mía. Mi amor, mi refugio. Quiero vivir allí donde estés tú.

—¿Y tu aerolínea? ¿Vas a dejar pasar la oportunidad? —preguntó Julia con lágrimas en los ojos.

—Mi única oportunidad de ser feliz está aquí, contigo, con mi familia —dijo y miró a Henry antes de volver a fijar los ojos en ella—. Tengo todo lo que quiero aquí en nuestro pueblo y voy a quedarme. Julia María Espinoza, ¿quieres casarte…?

—Sí, claro que sí.

Le obligó a ponerse de pie, le quitó el pollito de las manos y se lo entregó a Henry. Luego aprovechó la oportunidad y lo besó apasionadamente. Todo el pueblo prorrumpió en vítores.

Epílogo

Chloe se esmeró en organizar la mejor boda que un pirata podía tener. La ceremonia iba a tener lugar en el cenador en el que Matt y Julia se habían besado por primera vez. Había decorado aquella estructura de madera con luces parpadeantes y flores aromáticas. Una larga cinta rosa recorría el camino hasta el cenador, llena de recuerdos. Había impreso las fotos de la cámara de Matt y había reunido más de la gente del pueblo. Las mejores fotos eran las de Henry, Matt y Julia juntos.

Dentro de la casa, Julia esperaba con María y Linda.

—Ese vestido es precioso. ¿Me lo prestarás? —preguntó María.

—¿Hay algo que no nos hayas contado?

—No, es solo por si Jaime se atreve a dar el paso.

Las primas se fundieron en un abrazo.

—¿Puedo pasar? —preguntó una voz desde la puerta.

—¡Juanita! —exclamó Julia—. Me han contado que has cerrado la cafetería por mi boda. Me alegro de que estés aquí.

—He venido para desearte toda la felicidad del mundo, pero no puedo quedarme. Ha surgido algo y tengo que irme de Plunder Cove.

—Espero que no sea nada serio. Cuéntamelo,

quizá pueda ayudarte. Ya sabes que voy a ser abogada –dijo Julia sonriendo.

Juanita era la que la había animado a ir a la universidad. También había sido ella la que había dado con alguien que le había ayudado a pagar los estudios.

–Estoy muy orgullosa de ti. Eres muy especial, no lo olvides nunca. Yo nunca lo olvidaré.

Julia frunció el ceño. Aquello sonaba a despedida y estrechó a Juanita entre sus brazos.

–Cuídate, Angel –susurró–. Vuelve cuando puedas y deja que tu familia te ayude. Somos muchos y te queremos.

Juanita, Angel, se acurrucó en los brazos de Julia, sorprendida.

–¿Cómo lo has sabido?

–Siempre has sido muy atenta y cariñosa conmigo. Nos diste un lugar seguro en el que Matt y yo podíamos ser nosotros mismos. En los momentos malos me escuchaste, me animaste y fuiste mi refugio, y en los buenos, te alegraste conmigo. No sabes cuántas veces he deseado que fueras mi madre.

Angel se apartó. Unas lágrimas rodaban por su mejilla.

–En mi corazón lo era. Me habría gustado serlo en todos los aspectos.

Julia abrió los ojos de par en par al percatarse de la realidad. Entonces, rompió a llorar también.

–Confía en mí, mamá. Lo has sido.

Con la mirada perdida en el océano, Matt esperaba junto al cenador a Julia. A su lado, RW y

Jeff le hacían compañía. Sonrió. A los Harper les sentaba muy bien el esmoquin. Henry, encargado de los anillos, recorrió el pasillo tal y como Chloe le había enseñado.

RW miró por encima del hombro de Matt hacia la playa. Parecía preocupado.

—¿Qué pasa? —preguntó Matt.

—¿Ves ese pequeño barco? ¿De dónde ha salido? —dijo RW y sacó su teléfono—. ¿Quién va en ese barco? —preguntó a su interlocutor al otro lado de la línea—. ¿Estás seguro? Muy bien, pero no quitéis ojo —añadió antes de colgar.

—¿Y? —preguntó Matt.

—Es Cristina, una amiga de Angel. Ha venido a la boda.

—¿La conoces?

—Sí —contestó RW, paseando la mirada entre los invitados—. Ha sido nuestra confidente, nos ha facilitado información sobre la banda que iba tras Angel. Angel ha estado intentando convencerla para que venga aquí a refugiarse.

—¿Eso es bueno, no?

—Sí, solo que no veo a Angel. Iba a venir.

El teléfono de RW vibró en su bolsillo. RW leyó el mensaje y miró hacia la costa. Matt siguió su mirada.

—Papá, el barco ya no está.

—Ya nos preocuparemos de eso más tarde.

—¿Habéis acabado de cuchichear? —dijo Jeff—. Las damas de honor ya están listas.

La música comenzó a sonar y Linda avanzó por el pasillo, seguida por María. Enseguida se oyeron los primeros acordes de la marcha nupcial y la mujer más bonita del mundo le sonrió.

«Mi Julia, mi refugio».

A punto estuvo de caer de rodillas de felicidad. Tenía sus aviones, su moto y muchos más cachivaches de los que un hombre podría desear, pero lo único que le importaban eran las personas a las que amaba. Tenía un hijo, un hermano, una hermana, un padre al que quería conocer mejor, una gran familia y su propio ángel. Era el mayor tesoro que se podía tener.

¿Qué más podía desear un pirata?

No te pierdas, *Un escándalo muy conveniente*,
de Kimberley Troutte,
el próximo libro de la serie
Secretos junto al mar.
Aquí tienes un adelanto…

Jeff Harper apoyó la frente en el gran ventanal del salón y miró hacia la nube de periodistas que se había congregado abajo. Desde aquella altura, a veintidós pisos por encima de Central Park, era imposible que le hicieran fotos, pero en cuanto saliera del edificio, atacarían. Todo lo que dijera o dejara de decir se usaría para hundir su prometedora carrera.

Cuánto odiaba fracasar.

Hasta esa semana, Jeff había soportado la invasión de su intimidad y había aprendido a usar las cámaras en su propio beneficio. La prensa lo perseguía por todo Nueva York porque era el último soltero de Industrias Harper y crítico de hoteles en el programa *Secretos entre sábanas*. Los paparazzi le hacían fotos de todas sus citas como si cada una de ellas fuera su amor definitivo. Su nombre había aparecido durante los tres últimos años en la lista de los solteros de oro. En las entrevistas siempre decía que no había ninguna mujer especial y que no pensaba casarse nunca. ¿Por qué acabar como sus padres?

Se había llevado bien con la prensa hasta que había visto su trasero en la portada de un tabloide bajo el titular: *Crítico de hoteles implicado en escándalo sexual*.

Escándalo sexual. Ya le gustaría.

El vídeo incriminador se había hecho viral y su programa había sido cancelado. Todo lo que había construido, su carrera, su reputación, su pasión por la industria hotelera, había saltado por los aires. Si no arreglaba aquello, nunca recuperaría lo que había perdido.

Solo una persona podía darle trabajo en aquellas circunstancias, pero se había prometido no pedirle nada nunca.

Puso cara y marcó el número. Contestaron al primer timbre.

—Jeffrey, estaba esperando tu llamada.

Lo cual no era una buena señal, teniendo en cuenta que Jeff nunca le llamaba. Tragó saliva.

—Hola, papá. Me estaba preguntando… ¿Todavía piensas construir ese hotel?

Un año antes, cuando su hermano había vuelto a la casa de Plunder Cove, su padre le había ofrecido encargarse de convertir la mansión familiar en un exclusivo *resort* de cinco estrellas. Le había gustado la idea más de lo que había estado dispuesto a admitir. Diseñar un hotel, construirlo y dirigirlo, había sido su sueño desde niño. Pero era más que eso. No podía explicar con palabras por qué convertir la casa donde había pasado su infancia en un lugar seguro le era tan importante. Nadie entendería por qué rediseñar el pasado significaba tanto para él. Aun así, había rechazado el ofrecimiento de su padre porque RW era un padre cruel y egoísta que nunca había respetado a Jeff.

—Lo has reconsiderado —afirmó RW.

—¿Acaso tengo otra opción?

—Estupendo.

Bianca

**Ella le entregó su inocencia…
él le entregó un anillo**

EL BESO
DEL GRIEGO

Sharon Kendrick

Tamsyn perdió la inocencia, en una noche mágica, con un multimillonario y famoso playboy griego. No esperaba volver a ver a Xan Constantinides, pero este le propuso un matrimonio de conveniencia. Le resultó difícil negarse porque él, a cambio, le ofrecía una fortuna y ella quería ayudar a su hermana. Pero Xan era peligrosamente adictivo, y si no tenía cuidado podría enamorarse de él para siempre.

Acepte 2 de nuestras mejores novelas de amor GRATIS

¡Y reciba un regalo sorpresa!

Oferta especial de tiempo limitado

Rellene el cupón y envíelo a
Harlequin Reader Service®
3010 Walden Ave.
P.O. Box 1867
Buffalo, N.Y. 14240-1867

¡Sí! Por favor, envíenme 2 novelas de amor de Harlequin (1 Bianca® y 1 Deseo®) gratis, más el regalo sorpresa. Luego remítanme 4 novelas nuevas todos los meses, las cuales recibiré mucho antes de que aparezcan en librerías, y factúrenme al bajo precio de $3,24 cada una, más $0,25 por envío e impuesto de ventas, si corresponde*. Este es el precio total, y es un ahorro de casi el 20% sobre el precio de portada. !Una oferta excelente! Entiendo que el hecho de aceptar estos libros y el regalo no me obliga en forma alguna a la compra de libros adicionales. Y también que puedo devolver cualquier envío y cancelar en cualquier momento. Aún si decido no comprar ningún otro libro de Harlequin, los 2 libros gratis y el regalo sorpresa son míos para siempre.

416 LBN DU7N

Nombre y apellido	(Por favor, letra de molde)	
Dirección	Apartamento No.	
Ciudad	Estado	Zona postal

Esta oferta se limita a un pedido por hogar y no está disponible para los subscriptores actuales de Deseo® y Bianca®.
*Los términos y precios quedan sujetos a cambios sin aviso previo.
Impuestos de ventas aplican en N.Y.

SPN-03 ©2003 Harlequin Enterprises Limited

**Es el padre del hijo que espera…
¡pero para ella es un desconocido!**

SU AMANTE OLVIDADO

Annie West

Pietro Agosti se quedó atónito cuando la apasionada aventura que había tenido con Molly Armstrong, una vibrante profesora, trajo consigo un embarazo. Por fin el implacable italiano iba a poder dejar a alguien su legado… hasta que un accidente borró la memoria de Molly y todos sus recuerdos desaparecieron.
No le quedó más remedio que ayudarla a recordar la intensa atracción que los había unido, y el hecho de que el bebé que crecía en su vientre era el heredero de los Agosti.

DESEO